ジル
JN109365

モニカ

ロラン
「いいじゃないですか。
少しくらい羽目を外したって。
それともロランさん、
私と一緒にい

ジルは悲鳴をあげる体に鞭打って、剣を両手で握った。
盾を投げたのはこの時、両手で剣を握るためだ。
剣を引きずって来たのはこの時に備えて、
力を蓄えておくためだ。
スキル『一点集中』を発動させる――。

追放されたS級鑑定士は最強のギルドを創る 3

瀬戸夏樹

イラスト／ふーろ

ダンジョン経営の今後について考える会

「どうぞ」

ランジュがジルにお茶を出す。

「……ありがとうございます」

ジルは俯(うつむ)いたまま言った。

「……」

ジルは工房(アトリエ)の応接間に通されていた。

ロランは久しぶりに会うジルを前にして、なんと声をかけたらいいものか迷っていた。

『金色の鷹(たか)』に所属しているはずの彼女が一体どういう目的で『精霊(せいれい)の工廠(こうしょう)』に来たのだろうか。

(まさか偵察？　いや、今さらこんな手の込んだことをしてまで、ウチに探りを入れる必要なんてないだろう。だとしたら本当に偶然ここに来たのか？)

「しばらくの間、ここには誰も立ち入らないようみんなには言っておきますので、お2人でゆっくりとお話ししていてください」

ランジュは言って応接間から出て行った。

室内はロランとジルの2人きりになる。

ロランは探りを入れることにした。

（上手くいけば『金色の鷹』の内情を探れるかもしれない）

「久しぶりだね。ジル」

ジルはビクッと何かに怯えるように震えた。

「最近、『金色の鷹』はどうだい？」

「もう……酷い有様ですよ」

ジルは『金色の鷹』の現状について余りにもあっさりと話し始めた。

ルキウスがダンジョン攻略失敗による財政悪化を取り戻すため、冒険者に無茶なノルマを課していること。

セバスタ造反の影響で、冒険者達への規則と監視が強化されていること。

そして現在、ルキウスが留守になり一気にタガが外れ、誰も規則を守らなくなり業務が回らなくなっていること。

（やはり、『金色の鷹』は今相当混乱している状態なんだな）

ロランは自分の予想が的中しているのを確認すると共に、動くべき時は今、と改めて思い直すのであった。

「あのっ、ロランさん」

ジルは突然、切羽詰まったような声を出した。

床に跪き(ひざまず)ロランを見上げるポーズになる。

「今までロランさんをお訪ねしなかったのは、決してお世話になった御恩を忘れたからではなく、その……多忙だったためで。どうかそのことだけは分かっていただきたくて……。とにかく、そのっ、申し訳ありません！」

ジルは床に手をつけて今にも土下座しそうな勢いで許しを請おうとする。

これにはロランの方が慌ててしまった。

「ちょっ、ジル。いいよ。何もそこまでしなくても」

「ですが……」

「君が僕のことを忘れないでいてくれた。それが分かっただけでも僕は救われた気分だよ」

「ロランさん……」

「さ、どうか椅子に座ってくれ。僕の方こそ済まなかった。君に何も言わずにギルドを出て行ったりして。自分のことで精一杯だったんだ」

「ロランさん……」

ジルは目に涙を溜め(た)てロランの方を見つめた。

「さ。もう少し話してくれないかな。今、『金色の鷹』がどうなっているのかを」

「はい」

ジルはロランに促されるまま椅子に座り直し、『金色の鷹』の内情について話し始める。

ジルの話の大半は、ルキウスに対する愚痴だった。

ジルはまずルキウスがロランを追放したことについて一通りその不当を詰り、その上でロランがいなくなったためにギルド内でいかなる弊害が起こっているか、また、もはやルキウスそのものが害悪になりつつあることも主張した。

「酷いもんですよ。以前、『鉱山のダンジョン』に潜り込んだ時だって……」

ジルはこれでもかというくらいにルキウスへの不満を吐き出し続ける。

（やはりルキウスは相当空回っているようだな。そりゃそうか。そうでもなけりゃここまで急に『金色の鷹』の一強体制が崩壊したりしないよな）

「まだまだあるんですよ。ルキウスの奴は……。あっ、すみません。せっかく再会したっていうのに、こんな愚痴ばかり言ってしまって」

「いや、いいんだよ。ちょうど『金色の鷹』がどうなっているか気になっていたところなんだ」

ジルはロランの態度にホッとした。

彼は以前と何ら変わることなく優しく、気遣いが上手くて、こちらの話を聞くことを第一に考えてくれる。

その瞳は優しさに満ちていて、見つめられていると、ついつい甘えてしまいたくなるところがあった。

ジルはじれったかった。

こうしてロランに会えたというのにギルドの愚痴を言うことしかできない。

本当なら今すぐ抱きついて親愛の情を示したかった。

それが叶わないならせめて以前のように指導をしてもらいたかった。

ついに我慢できずに言ってしまう。

「あのっ、ロランさん。もしよければなんですけれど、私のことを稽古してくださいませんか？」

「えっ!?　稽古って僕が君をかい？」

「はい。実は最近体がなまってしまっていて……」

「ふむ、確かに……」

【ジル・アーウィンのスキルとステータス】

・スキル

『剣技』：A

『盾防御』：A

『一点集中（バースト）』：A
『耐久力超回復（タフネスリカバリー）』：A

・ステータス
腕力（パワー）：60－100
耐久力（タフネス）：70－110
俊敏（アジリティ）：70－100
体力（スタミナ）：150－200

（なるほど。流石（さすが）に基礎ステータスは全て最高値１００に届く高水準だけど、どのステータスも30～50の誤差がある。冒険者稼業が休業期間中とはいえ、これは酷いな）

ちなみにステータスの基準を言うと、40～60が平均で70～80が優秀、90～１００が極めて優秀、20～40が低い、０～20が極めて低い、である。

「無理なことをお願いしているのは分かっているんです。でも、もう私はロランさんの指導じゃなければ満足できなくなってしまって……」

「ジル……」

「私にできることなら、何だってします。どうにかお願いできないでしょうか」

「僕としても君のことをどうにかしたいのは山々だけれど……」

「じゃあ……」

ジルは期待に目を輝かせる。

「今の僕は『魔法樹の守人』に所属している身だ。仮にも『金色の鷹』に所属している君を鍛えるなんて、そんな所属ギルドを不利にするような真似はできない」

ジルはそれを聞くとガクッと肩を落とした。

「そう……ですか。やっぱりそうですよね」

（彼女を『魔法樹の守人』に移籍させるか？　いや無理だ。ルキウスがそんな取引に応じるはずがないし、ただでさえ『魔法樹の守人』は今、財務状況が苦しいっていうのに、移籍金を用意できるはずがない。どうしたものか……。あっ、そうだ）

「ジル、セミナーで登壇することはできるかい？」

「セミナーで登壇……ですか??」

ジルはキョトンとした顔で聞き返す。

「うん。『魔法樹の守人』から『精霊の工廠』にダンジョン経営を委託されたんだけど、『精霊の工廠』だけで1つのダンジョンを経営するのはちょっと無理があってさ。今度、ダンジョン経営に関して街の錬金術ギルドを対象にしたセミナーを開いて、そこで協力してくれるギルドを募ろうと思うんだけど。ほら、僕も『精霊の工廠』もまだ若輩者でみんながが付いてくるには心許ないっていうかさ。そこで君のような有名人に後押ししてもらえると助かるんだけど……」

「やります！」

ジルは即答した。

「……いいのかい？　君にも立場というものが……」

「壇上に立って喋るだけでしょう？　そんなことくらいなら全然やらせていただきますよ。それでロランさんの指導を受けられるのなら安いものです」

「けれども、そうなると間違いなくルキウスの機嫌を損ねることになるよ？」

「ルキウスの機嫌？　それがなんだっていうんです？　ルキウスの機嫌が私を成長させてくれますか？　私のクラスを上げてくれますか？　冗談じゃない。奴の機嫌なんて取れば取るほど、自由がなくなるだけですよ。ルキウスの機嫌なんて損ねてやればいいんです。私はルキウスの機嫌を損ねるためならなんだってしますよ！」

ロランは少し驚いた。

（いくらルキウスのせいでギルドの雰囲気が悪くなっているからといって、忠誠心の高いジルがここまで言うなんて……。いよいよ『金色の鷹』の命運も尽きかけているということか）

「そうか。やってくれるか。なら話は早い。僕も『魔法樹の守人』に掛け合って許可を取ってみるよ」

「はい。是非ともお願いします」

ジルが『精霊の工廠』から立ち去る時、彼女の心はここ最近の憂鬱などウソのように晴れやかになっていた。

ロランから再び指導が受けられる。

それだけで彼女は人生がバラ色になったような気がした。

ロランは早速この件についてリリアンヌに打診した。

当初彼女は敵であるジルを強化すると聞いて難色を示したが、街の錬金術師達を味方に引き入れるためには仕方ないとロランが力説すると、渋々ながらも了承するのであった。

そうしてセミナーの当日が訪れる。

セミナーは大盛況だった。

集まった錬金術師達はジルが登壇するのを見て驚いた。

さらに彼女が『精霊の工廠』主導のダンジョン経営に協力するよう呼びかけたことに重ねて驚いた（『金色の鷹』がこのように公的な場で一錬金術ギルドに対し、ここまで下手に出るというのは極めて異例のことだった）。

さらにリリアンヌがこの場で契約した錬金術ギルドには、ダンジョンへの入場料を割引することを約束したため、人々は先を争うようにして『精霊の工廠』と契約を結ぶ列に加わった（ただし、ゼンスの錬金術ギルドだけは、契約を結ばずに人目を避けるようにして会場を後にした）。

何はともあれ、こうして『鉱山のダンジョン』の経営は、『精霊の工廠』主導の下、『金色の鷹』を差し置いて、街中のほとんどの錬金術ギルドを巻き込んで進められることになった。

耐久力の鍛錬

『精霊の工廠』主導の下、『鉱山のダンジョン』の経営が始まった。

スコップやツルハシを持った錬金術師達が、列をなして、続々とダンジョンに入って行く。

「いやぁ。助かりました。これだけ人数が集まれば、鉄も『アースクラフト』も十分量採掘できますよ」

ランジュは心底ホッとしたように言った。

彼は足りない人員をどうにかしようとして、日夜走り回っていたため過労気味だった。

ロランもランジュの負担をようやく解消させることができて肩の荷が下りた気分だった。

「ランジュ。これが各錬金術師のスキルリストだ」

ロランは各錬金術ギルドから提出されたスキルリストに修正を加えたものをランジュに渡した。

「おお、流石ですね。助かります」

「今回は利益を出すことよりも錬金術ギルドの連中をこちらの陣営に引き込むのが目的だ。利潤の追求はほどほどにして彼らに儲けさせてやれ」

「分かりました」

やがて、錬金術ギルドの面々が集まり、冒険者達による護送の下、ダンジョンへと順次入場していく。

彼らは鉱山まで辿り着くと、ランジュの指示の下、鉱石を掘り出していった。

「なんですって!?」

『金色の鷹』のギルド長室でゼンスの報告を聞いたディアンナは素っ頓狂な声を上げていた。

「『金色の鷹』傘下の錬金術ギルドが『精霊の工廠』と契約を結んでいる!? しかもジルがロランに協力しているですって?」

「ええ、そうなんですよ」

ゼンスはまるで臣下のように腰の低い態度でディアンナに言上した。

彼は長年、『金色の鷹』にこき使われているうちにすっかりへりくだる態度が身についてしまったのだ。

「やはりご存じありませんでしたか」

「当然よ。寝耳に水だわ」

「やはりそうでしたか。いや、おかしいと思ったんですよ。我々になんの音沙汰もなく突然あんな形で提携が発表されるなんて」

「チッ」

（よりによってルキウスのいないこんな時に。ロランの奴……やってくれるわね）

「私もロランの奴には一度煮え湯を飲まされていますからね。だから今回も彼の策略ではないかと踏んだわけですよ。いやぁでもよかった。大事になる前にお伝えすることができて」

ゼンスはご褒美を期待するかのように上目遣いでディアンナの方を見た。

しかしディアンナはそんなゼンスに冷たい一瞥をくれる。

「うっ……」

「ロランがおイタしたということはよく分かったわ。それで？　あなたはそのセミナーとやらが開催されている間、一体何をやっていたのかしら？」

「えっ……いや、それはその……」

「まさか何もせずただ黙って見ていた……、なんてわけないわよね？」

ゼンスは言葉を詰まらせた後、何かボソボソと聞き取れない呟きを漏らしたかと思うと、ショボンとうなだれる。

ディアンナはすっかりゼンスが縮こまったのを確認すると呆れたようなため息をたっぷりとついて、ようやく射るような視線を外した。

「まあ、いいわ。とにかく錬金術ギルドの連中に熱いお灸をすえる必要があるわね。ゼンス、あなたはもちろん手伝ってくれるんでしょうね？」

「ハ、ハイッ」

ゼンスはディアンナの冷たい目線から解放されてすっかり安心してしまい、快諾してしまう。

ディアンナはそれを見て満足した。

（とはいえ、これはちょっと私の手に余る案件ね。錬金術ギルドの連中だけならともかく、ジルはルキウスのお気に入り。下手に対立すればルキウスとの関係にヒビが入りかねないわ。慎重に行動しないと）

重厚な甲冑に包まれた騎士姿をして描かれているその肖像は、近づき難い荘厳さを放つ一方で、その口元には全てを包み込むような優しい笑みを湛えていた。

ディアンナは壁に掛けられたジルの肖像画を苦々しげに眺める。

同性から見てもウットリするような美貌である。

「全く、困った子ね」

ディアンナは深いため息をつくのであった。

「どーも、『金色の鷹』の錬金術師ドーウィンです」

ランジュは工房に訪れたドーウィンを胡散臭そうに見る。

「えっと、『金色の鷹』の錬金術師さんがなんでウチに？」

「銀細工の共同製作の件でいつまでも音沙汰がないんで来ました（鬼の居ぬ間に）」

「ああ、例の品評会のことか……」

「あ、あのっ、こんにちはドーウィンさん」

チアルは緊張の面持ちでドーウィンに挨拶した。

憧れの人を前にしたような態度だった。

「君が『精霊の工廠』の銀細工師さんか」

ドーウィンはふっと優しげな微笑みを浮かべた。

腰をかがめてチアルと同じ目線に合わせる。

「は、はい」

「『銀製鉄破弓』見せてもらったよ。見事な作品だった」

「はい。ありがとうございます。あの、あれはドーウィンさんの『鉄破弓』を参考にさせていただいてるので、よければ後で見ていただきたくて、あの、いいですか？」

「ああ、もちろんだ」

「なんだ？　いつになく殊勝な態度だな。いつもはお転婆のくせに」

「もー、ランジュさん！　余計なこと言わないでください」

チアルはランジュの足を金槌でポカポカと叩いた。

「ちょっ、イテッ。お前金物振り回してんじゃねーよ」

「ふあぁ、みなさんおはようございます。……って、えっ!? ドーウィン!?」

パジャマ姿に寝ぼけ眼で受付に現れたジルは、ドーウィンがいるのを見てギョッとする
(ジルはロランの計らいにより『精霊の工廠』で寝泊まりしていた)。

「あれ? ジルじゃん。なんで君がここに?」

「お、お前こそ、なんでここにいるんだよ」

「僕は品評会の件でだね……」

ランジュはなんとも言えない気分でジルとドーウィンが言い合っているのを見つめるのであった。

(『金色の鷹』の連中がうろちょろしてるからって、別に何か困るわけではないけれど、なんだかなー)

その後、チアルとドーウィンは互いのスキルを見せ合うようにして、意見交換を行った。

すぐに2人のスキルを組み合わせればSクラスの武器を作れるのではないかという結論に至る。

ドーウィンとジルが訪れて少ししてから、ロランも『精霊の工廠』にやって来た。

「あ、ロランさん、お帰りなさい」

チアルが帰って来たロランに声をかける。

「ああ、ただいま。ってあれ？　ドーウィン？　なんでここに？」

「あ、ロランさん、どうも」

ドーウィンとチアルはすでに製作を開始していた。

作業台の上いっぱいに試作品やら設計図やらが散らばっている。

「エルセン伯に依頼された共同製作の件でお邪魔しています」

「そっか。そんな話だったたな。すっかり忘れていた」

「すみません。設備勝手に使わせてもらってます」

「ああ、いいよいいよ。ウチの奴らを鍛えてやってくれ」

「はい」

ドーウィンはロランの以前と変わらない態度にホッとした。

「あ、ロランさん。お帰りなさい」

アーリエが窯室の方からひょっこり顔を出してくる。

「やあ、アーリエ、ただいま」

「ジルさんが来ていますよ。裏庭ですでに準備運動されてます」

「そうか。今行くよ」

ロランは逸る気持ちを抑えながら、ジルのいる裏庭へと向かった。

「ロランさん！」

ロランが裏庭に来ると、すぐにジルが駆けつけて来た。

顔には玉のような汗が流れて、光り輝いている。

「ジル、もう準備運動してたのか。精が出るね」

「久しぶりにロランさんの鍛錬を受けられると思うと眠れなくって。昨夜からずっと走り込みしていました」

ロランはジルのステータスを『鑑定』した。

【ジル・アーウィンのステータス】
腕力（パワー）：60－１００
耐久力（タフネス）：70－１１０
俊敏（アジリティ）：70－１００
体力（スタミナ）：１９０（↑40）－２００

（なるほど。確かに体力（スタミナ）の最低値が１９０にまで向上している。自力でここまで調整するとは流石（さすが）だな。体力（スタミナ）に関しては文句なしにSクラス。あとは他のステータスだ）

「よし。それじゃジル。早速、ダンジョンに行こうか」

「はい」

　2人は『森のダンジョン』へと向かった。


　ロランとジルは12階層に辿り着く。

「ジル、あれを見てくれ」

　ロランは崖の上から谷底に向かって指を指す。

　そこには鱗（うろこ）に沢山の針を生やした、アルマジロ型のモンスターが5体ほどいた。

「あれは『ニードル・アルマジロ』ですね」

「そう。『ニードル・アルマジロ』の特徴は覚えているかい？」

「はい。その背中についた硬い鱗とそこから生えた鋭い針が特徴で、敵を見つけると、ボール状に丸まって転がりながら体当たりしてきます」

「そう。耐久力（タフネス）を鍛えるにはうってつけのモンスターというわけだ」

「鍛えるのは耐久力（タフネス）だけでいいんですか？　なんなら、腕力（パワー）と俊敏（アジリティ）も一緒に鍛えますよ？」

　ジルがその顔に自信をみなぎらせながら言った。

「うーん。そうしたいところなんだけど、今回は耐久力（タフネス）を優先したいんだ」

「どういうことですか？」

「腕力《パワー》と俊敏《アジリティ》の向上条件が耐久力《タフネス》80なんだ。だからまず耐久力《タフネス》を先に上げないと意味が無いんだ」

「なるほど」

「そこで、今回は攻撃でクリーンヒットを決めたり、回避してクイックネスを決めたりするのではなく、ガードを決めることに専念すること」

「『ニードル・アルマジロ』相手にガード専念……ですか」

「そう、通常なら『ニードル・アルマジロ』に遭遇した場合は、クイックネス（敵に対して俊敏《アジリティ》で優位な位置を取ること）を決めて、相手が背中を丸める前に攻撃するのが正攻法だけど、今回はあえて敵に攻撃させ、ガード（耐久力《タフネス》を利用し、敵の攻撃を受けてダメージを最小限に抑えること）を決める回数を増やすんだ」

「分かりました」

「どうする？　念のため剣も持っていくかい？」

「いえ、ロランさんの言う通り、ガードに徹してみます」

ジルは剣をその場に置いて、盾だけ持つと、崖を滑り降りていった。

（耐久力《タフネス》の最低値70で、『ニードル・アルマジロ』の攻撃をガードする。普通の冒険者なら到底不可能なクエスト。はっきり言って無理難題だ。だが、ジルなら……）

すぐに『ニードル・アルマジロ』がジルに気づいて、背中を丸め攻撃を仕掛けてくる。

ジルは5体の『ニードル・アルマジロ』が交互に体当たりしてくるのを盾で防御して、受け止めた。

ロランは谷の上から、ステータスを『鑑定』しながら、戦いの様子を見守る。

【ジル・アーウィンの耐久力(タフネス)向上条件】
ガード成功回数：5／100回

(さすがはジルだ。もうガードを5回も決めている。Sクラスを目指す意気込みは本物だな)

ジルはまたガードを成功させた。

(これでガード成功6回目。今のところ全て成功させている。やはり凄(すご)い。どれだけ躱(かわ)してはいけないと自分に言い聞かせても、いざあの重量と鋭い針が眼前に迫ってくれば、つい目を逸(そ)らしたり、逃げたくなったりするものなのに)

ジルはまた『ニードル・アルマジロ』の体当たりを盾で受け止めて、威力を殺すことに成功させる。

これでガード7回目だった。

「ハァハァ」

（くそぅ。なんて過酷な訓練なんだ）

ジルは痛みを噛み締めながら『ニードル・アルマジロ』に対峙していた。

盾だけで『ニードル・アルマジロ』の回転攻撃を受け止め続けるのは、至難の業だった。

たとえ、盾越しに威力を殺して受け止めたとしても、その衝撃は全身に響いて、腕を痺れさせる。

ふと、ジルが『ニードル・アルマジロ』の体当たりを受け損なって、吹き飛ばされた。

地面に倒れこむ。

「ジル！　大丈夫か？」

「大丈夫です！」

ジルはダメージをものともせずすぐに立ち上がり、訓練を再開する。

ロランはジルのステータスを『鑑定』した。

【ジル・アーウィンのステータス】
腕力（パワー）：60－100
耐久力（タフネス）：65（↓5）－110
俊敏（アジリティ）：70－100
体力（スタミナ）：180（↓10）－200

(耐久力を5、体力を10削られたか。だが、まだ戦える)

ロランはジルの様子を改めて見た。

ジルはフラフラしながら、盾を構えている。

『ニードル・アルマジロ』が再び攻撃してきた。

ジルはまたガードし損なう。

「ジル。どうした？　もうへばったのか？」

ジルはロランにそう言われてビクッとする。

「まだ耐久力にも体力にも余裕があるはずだ。こんなところでへばっているようじゃ、Sクラス冒険者なんて夢のまた夢だぞ！」

「くっ」

ジルは一瞬ロランの方を恨めしそうに見た後、ふらつく体に鞭打ってしっかりと地面に立つ。

(よし。持ち直した。それでいいよ。ジル)

彼女はまた『ニードル・アルマジロ』の体当たりを盾で受け流した。

痛みに顔をしかめながらもしっかりとガードを決めている。

(この訓練をクリアできればジルの耐久力は大幅に向上する。が、生ぬるいことではない。

ただでさえSクラス冒険者候補と持て囃されてる彼女だ。『ニードル・アルマジロ』相手に防御に徹するなんていうのはプライドが許さないだろう。それでも彼女はやると言ったんだ）

ロランはジルを見守り続ける。

（冒険者には自分の限界が分からない。けれどもギリギリ限界まで頑張らないと大きく成長はできない。ジル、辛いだろうけど頑張れ。……ん？）

ロランは一瞬、ジルが唇を歪めて笑っているように見えた。

（気のせいか？　なんか今、笑っていたような？）

また、『ニードル・アルマジロ』の体当たりがジルにクリーンヒットする。

ジルは吹き飛ばされて、地面に突っ伏した。

「うああっ」

「ジル！」

「大丈夫です！」

ジルはまたすぐさま盾を拾って、立ち上がる。

（くぅ。さっきからずっと防戦一方だ。５体の『ニードル・アルマジロ』に囲まれて、反撃すら許されず攻撃されっぱなしなんて。ロランさん、こんな素晴らし……いや、過酷な訓練を課してくるなんて。あなたは鬼なのか？）

ジルはよろめきながら盾を構え直す。

ロランはまたステータスを『鑑定』して、彼女に余力が十分あることを確かめる。

「ジル！　どうした？　もっとしっかり立って」

ジルはキッとロランの方を睨む。

（くっ、ロランさん。傷つきよろめく私に向かってそのような過酷なことを言うなんてっ。もっとお願いします！　あうぅ）

ロランは微妙な面持ちでジルの様子を見守っていた。

（なんだろう。ジル、喜んでる？　いや、あの様子は喜んでいるというよりむしろ……。いや、そんなまさか。でも、そういえば『金色の鷹』時代も……）

ロランは、ジルがキツくて辛い鍛錬やクエストほど喜んで取り組み、楽な訓練ほど物足りなそうにしていたのを思い出した。

しかも、彼女は攻撃やフットワーク系の訓練よりも、体を痛めつける防御系の訓練の方を楽しそうにこなしていた。

普通は逆なのに……。

今や彼女は頬を紅潮させてニヤけてすらいた。

（ジル、もしかして君は……。いやいや、考え過ぎだよ。彼女はただ自分に厳しいだけだ。そこに何かやましい気持ちなんてあるはずはない）

ロランはそう考えて自分を納得させることにした。

それからジルはロランからの叱咤(しった)激励(げきれい)を受け続けた。

（あぁ、最高です。ロランさん、もっと私をキツく叱ってください！）

数時間もすると、ジルを攻撃していた『ニードル・アルマジロ』達(たち)は退散した。

彼らは攻撃をし続けたため疲れ果てると共に、どれだけ攻撃を加えても反撃してこない彼女を気味悪く感じ始めたのだ。

「ジル、おつかれ」

谷底まで降りて来たロランが彼女に声をかける。

「ハァハァ。あ、ロランさん」

ジルはどこか熱に浮かされたような顔をロランに向ける。

２人は座るのに丁度いい岩に腰掛けた。

【ジル・アーウィンの耐久力(タフネス)に関する項目】

耐久力(タフネス)：40（↓30）－１１０

ガード成功回数：１０２／１００回

（ガード成功１００回、達成。これなら明日の朝には耐久力(タフネス)の最低値が80まで向上してい

るだろう）

「ジル、よく頑張ったね。ガード１００回のクエスト達成だよ」

「はい。ありがとうございます」

「君を稽古したのは久しぶりだけど、流石（さすが）だな。今日中に達成するのは難しいと思ってたけど、全然楽勝だったね」

【ジル・アーウィンのステータス】

腕力（パワー）：60－100

耐久力（タフネス）：40（↓30）－110

俊敏（アジリティ）：70－100

体力（スタミナ）：100（↓90）－200

（俊敏（アジリティ）も体力（スタミナ）も全然余力を残している。大したもんだな）

「今日の鍛錬、君には簡単すぎたかもね」

「いえ、そんな。なかなか気持ちいい……いえ、厳しい鍛錬でした」

「？　まあ、とにかく体力（スタミナ）回復だ。さ、これを飲んで」

ロランは彼女にポーションを渡した。

「ありがとうございます」

ジルはゴクゴクとポーションを飲んで一息つく。

しかし、そのほっぺは紅潮したままで、どこか物憂げだった。

手を胸元に当てて押さえ、その所作はまるで動悸に悩む患者のように見えなくもない。

ロランは心配になってきた。

（どうしたんだろう。元気ないな）

「ジル、大丈夫かい？」

「えっ？　もちろん、大丈夫ですよ」

「なんだか元気ないよ？　どこか体に異常でもあるんじゃ……」

「えっ？　いっ、いえいえ、私は全然元気ですよ。アハハ。ヤダなぁ。ロランさんったら」

「そうかい？　顔もなんだか赤いし、熱があるのかも」

ロランは彼女の顔を覗き込む。

ジルはロランの顔が近づいてきて狼狽えた。

（そりゃ確かに熱はありますが……。でもそれは風邪とかそういうことじゃなくて。気分はむしろ良すぎるくらいで……）

「もし、キツイならもう今日は休もっか？」

「えっと、その……」

（ダメですよ、ロランさん。厳しく攻められた後に、そんな風に優しくされたら……、私の例の発作が……。ヤダ、まだ火照りもおさまっていないのに）

ジルは自分の迂闊さが恨めしかった。

ロランが『金色の鷹』にいた頃から、彼女は自分の性癖がバレないよう、細心の注意を払っていたのだが、今回は久しぶりの訓練とあってついつい油断してしまった。

厳しい訓練をこなして、体がすっかり興奮した時は、決まっていつも冷水に頭から飛び込んで自分を鎮めていたのだが、今日は冷水を用意しておくのをすっかり忘れていた。

「ジル、ほんと大丈夫？　顔赤いよ」

「は、はい」

（私の体が変なのはあなたのせいですよ。ロランさん）

ジルはお腹の下が疼いてくるのをどうにも抑えられなくなってきた。

どうしようもなく切ない。

ロランにこの気持ちを受け止めて欲しい。

「あの、ロランさん。その……、す……、ゴニョゴニョ」

「ん？　何？」

「す、好きです」

ジルは蚊の鳴くような声でボソッと呟いた。

顔は火がついたように真っ赤になっている。

「なんだって？　ジル、よく聞こえないよ」

「あ、いえ、なんでもありません。ハハ、アハハ。あの、その、走ってきますっ」

ジルは逃げるようにその場を立ち去っていく。

ロランはその様子をポカンとしながら見送る。


ジルはロランの下から走り去った後、目に入った泉に着の身着のままで、頭から飛び込んだ。

泉の底深くに潜って、冷水が火照った体と激流のような情念を冷ますのを待ち続ける。

しばらくすると、ジルは水中から顔を出して水面に体を横たえた。

彼女は水の流れに身を委ねて、耳を澄ませた。

水の滴る音が聞こえてくる。

視界にはどこまでも雄大な青い空が広がっていた。

胸のすく思いだ。

こうして頭が冷えて冷静になると、彼女はいつも同じことを考えるのであった。

ロランはこんな自分のことを受け入れてくれるだろうか？

（受け入れてくれるわけない。きっと変な女だと思うに違いない）

そう思うといつも怖くなって一歩踏み出せないのであった。

彷徨う心

翌朝、ロランはジルのステータスをチェックした。

【ジル・アーウィンのステータス】
腕力(パワー)：60－100
耐久力(タフネス)：80（↑10）－110
俊敏(アジリティ)：70－100
体力(スタミナ)：190－200

「うん。耐久力(タフネス)、きっちり上がってるよ」

「やった」

「よくやったね」

「はい。ありがとうございます」

「よし。それじゃ、ジル、今日の訓練だけど……」

ジルはロランの説明を聞きながら幸せな気分だった。

そして胸が苦しかった。

昨日、ロランへの想いを口にしてから、彼女の中の想いは抑えきれないほどに膨らんでいた。

しかし、ジルはもう二度と彼への好意を口にすまいと心に決めていた。

(想いを受け入れてもらう必要なんてない。大好きなロランさんが側にいてくれる。それでいいじゃないか)

ロランがいつもと変わらぬ優しい笑みを向けてくれる。

それは、ジルにとってかけがえのない日常であった。

(私が頑張ってスキルやステータスを上げれば、ロランさんが喜んでくれる。それでいいじゃないか。私はもうそれ以上何も望まない。この日常が続けばそれでいい。ロランさんに嫌われるくらいなら、もう一生片思いでいい)

これまで通り彼の側にいて、彼の言うことを忠実に守る優秀な生徒を演じる。

そして時々、彼がそうとは気づかず、気まぐれにふり撒く蜜を、彼に気づかれないようこっそり啜って自分を慰めるのだ。

なんと浅ましく、はしたない生き方だろう。

しかし、今の彼女にとってはそれが唯一の希望であった。

「それじゃ、悪いけど午前中は1人で自主練習してくれるかい?」

「えっ？　ロランさんは側に居てくれないんですか？」

「僕は自分の部隊と『精霊の工廠』の方に顔を出さないといけないんだ」

「あ、そっか。そうですよね」

「午後になったらまたここに来るから。もし、何かあったら、『精霊の工廠』の方に来てくれ」

「……はい」

「どうかした？　なんだか顔色が優れないように見えるけど」

「いえ、大丈夫です」

「そう？　なら、僕は行くよ？」

「はい。行ってらっしゃいませ」

ジルは無理に笑顔を作ってロランを送り出した。

（そうだった。ロランさんは今、『魔法樹の守人』に在籍しているんだ。私は『金色の鷹』の冒険者。この期間が終われば、また敵同士になる。この楽しい時間は終わり）

そう考えるとジルの心は深く沈んだ。

（せっかくロランさんに指導してもらって、Sクラス冒険者になったとしても、結局ロランさんのためにこの力を使うことはできない。どれだけ、強くなってもロランさんに恩返しできないなんて。これじゃなんの意味もないじゃないか）

ジルは人生のままならなさに深く思い悩むのであった。

『魔法樹の守人』に戻ったロランは、またリリアンヌと2人で情報交換していた。

「資金集めの方はどう？」

「なかなかうまく進みませんね。やはり建物を焼失したのが、イメージを悪くしているようです」

リリアンヌはこめかみに手を当てて目をつむる。

ギルド長の代わりに連日、資金調達に回って相当疲れているようだった。

ロランは心配になってくる。

「大丈夫？」

「ええ。ただ、流石(さすが)に疲れましたね。ふぁ」

リリアンヌはあくびをして目をこすった。

「ロランさんの方はどうですか？　ジルさんの様子は？」

「訓練の方は順調だよ。ただ、例の件は……、まだなんとも……」

2人はどうにかジルをこちらの陣営に引き込めないかと画策していた。

こちらの陣営に加えられないようなら、せめて次のダンジョン攻略には参加しないよう説得できないかと。

「僕の方でも彼女がこちらに協力してくれるよう色々探っているんだけれど、彼女は曲がったことはできない性格だ。ルキウスには不満を感じているみたいだけれど、ギルドを裏切るかどうかはなんとも」

「そうですか」

リリアンヌは難しい顔をしたかと思うと、切羽詰まった顔でロランの方を見る。

「本来なら、ギルドを通さず冒険者に接触するのはマナー違反です。しかし、ルキウス相手にそのような事をしのごの言っている場合ではありません」

「うん」

「とにかく、慎重に事を運んでください。ジルさんがこちらに来たのはひとえにあなたを慕ってのことです。あなたなら彼女の考えを変えることができるかもしれません」

リリアンヌは喋りながら辛そうに顔をしかめながら言った。

「このような真似をあなたにさせるのは筋違いであることは分かっています。しかし、もう他に方法が……。どうかお願いです。もう私はあなたを頼るしか──」

「リリィ。落ち着いて」

ロランは彼女の両肩を摑んで、彼女を落ち着かせた。

「ジルの件に関しては、全て僕に任せて。君は何も疚しい思いをする必要はないから」

「でも、どうしてロランさんがこんなことをしなければならないんです？　悪いのはルキウスなのに」

リリアンヌは少し涙ぐんで言う。

「ロランさん、市井でどんな噂が流れているか知っていますか？　あの落雷事件について、みんな私についてあることないこと言ってるんですよ。中にはロランさんを中傷する内容まで……」

リリアンヌは肩を震わせながら言った。

「私のことを言われるのは構いません。軽率な行動を起こしたのは事実なんですから。でも、ロランさんまで。あのルキウスっていう人、本当に酷すぎます」

ロランは彼女の頭に手を置いて撫でた。

「気にしないで。噂なんていずれ消えるさ」

「ロランさん……」

「汚れ仕事は全部僕がやるから。君は自分の仕事に集中して」

「はい……」

リリアンヌは自分で目元の涙を拭いた。

「すみません。少し取り乱してしまいました」

「いいんだ。もう大丈夫だね？　ちゃんと先生の言う通りにできる？」

「はい、先生。リリィは先生の言う通りちゃんとできますよ。でも……」

リリアンヌはロランの肩に頭を預ける。

「ごめんなさい。もう少しだけこうしていていいですか？」

「うん、好きなだけこうしているといい」

「ありがとうございます」

リリアンヌはしばらくの間、目をつむってロランの胸に頭をもたせかけた。

ロランは彼女が落ち着くまで肩を抱き続けた。

ジルは『トカゲの戦士(リザードマン)』と対峙(たいじ)していた。

『トカゲの戦士(リザードマン)』は偃月刀(えんげつとう)に鎧具足(よろいぐそく)というそれなりの重装備をしているにもかかわらず、並外れた瞬発力で一気に距離を詰め、ジルに斬りかかってくる。

しかし、偃月刀がジルの顔面に向かって振り下ろされたその瞬間、ジルの姿が目の前から消えた。

『トカゲの戦士(リザードマン)』が困惑していると、首元に何かが巻きつけられ身動きが取れなくなると同時に、冷たい感触が突きつけられる。

『トカゲの戦士(リザードマン)』の背後に回ったジルが首に腕を巻きつけて絞め上げ、ナイフを突きつけたのだ。

『トカゲの戦士(リザードマン)』は死を覚悟したが、ジルはあっさりと解放する。

ジルは再び距離をとってナイフを構えた。

「さあ、もう一度斬りかかって来い」

『トカゲの戦士（リザードマン）』は再び偃月刀を構える。

しかし、その表情には隠しきれない困惑が浮かんでいた。

先程からこの繰り返しだ。

目の前の女騎士は自分に対して背後を取ることはしても、ダメージを与えることはない。

一体いつまでこれは続くのだろう。

しかし、逃げることもできない。

「ジル、そこまでだ」

ロランの声が響く。

【『トカゲの戦士（リザードマン）』のステータス】
俊敏（アジリティ）：50（↓10）－70
（俊敏（アジリティ）の最低値が50（Cクラス）にまで下がっている。もうこれ以上はジルの訓練にならない。力不足だ）
ジルは構えを解いた。

「消えろ。追い討ちはしない。見逃してやる」

ジルがそう言って戦うつもりがないのを示すと、『トカゲの戦士（リザードマン）』はジリジリと後退し、十分な距離を取ると、背を向けて一目散に立ち去った。

ジルは『トカゲの戦士（リザードマン）』が見えなくなると、戦闘モードの表情を解いて、女の子の顔になり、ロランの方に向き直った。

「ロランさん、どうでしたか？」

「うん。いい感じだ」

「では、『鑑定』お願いします」

ジルは後ろ手に手を組んで、ロランの視線に自らを晒（さら）した。

少しでもロランが自分を見やすいように。

【ジル・アーウィンの俊敏（アジリティ）向上条件】

クイックネス：95／100回

「クイックネス成功回数95回だ。100回成功まであと一息だね」

「はい。ありがとうございますっ」

ジルはロランが笑顔になったのを見て元気になった。

「体力（スタミナ）はまだあるね」

（体力（スタミナ）が沢山あるのが、ジルの強みだな。疲れ知らずでいくらでも鍛錬できる）

「もう1体いっとく？」

「はい。よろしくお願いします」

ロランは再び、『トカゲの戦士（リザードマン）』を探して回った。

ジルはその場で待機する。

ロランが見えなくなると、先程まで貼り付いていた笑顔は翳（かげ）り、シュンと落ち込んだ表情になる。

（訓練はうまくいってる。ステータスは順調に伸びているし。でもうまくいけばいくほど、ロランさんとのお別れが近づいてくる。やっぱりSクラスになったら、ロランさんの訓練は終わっちゃうよね）

ジルは最近そのことばかり考えて、1人悩んでいた。

一方で、ロランへの想（おも）いは抑えきれないほどに膨らみつつあった。

（ロランさんの下から離れたくない。でも、訓練でわざと手を抜いたらロランさんにガッカリされる。それだけはイヤ。どうにかずっとロランさんの下にいられる方法はないのかな？）

「おーい。ジル」

「はいっ。今、行きますロランさんっ」

ロランの声が聞こえると、ジルはパッと笑顔を作って元気一杯に駆け出して行く。

彼女はここ最近、気分の浮き沈みが激しい自覚があった。

ロランの側（そば）にいる時は、心が浮き立ってウキウキと弾み、無尽蔵に意欲が湧いてきた。

一方で、ロランが側にいなくなると、心は曇天の空よりもどんよりと曇り、立ち上がるのでさえ億劫（おっくう）になってしまう。

「ジル、あの丘の向こうに5体の『トカゲの戦士（リザードマン）』がいるのが見えるかい？」

「はい」

「その中であの矛を持っている『トカゲの戦士（リザードマン）』。俊敏（アジリティ）が高いのは奴（やつ）だ。奴を相手にクイックネスを決めるんだ。他は倒していい」

「了解です。行ってきます」

ジルは剣を持って丘を下って行った。

すぐに『トカゲの戦士（リザードマン）』がジルに気づいて、応戦してくる。

（今はとにかく訓練を頑張るしかない。せめてロランさんをがっかりさせないように）

ロランは訓練の傍ら、ルキウスの悪事についてジルに伝えることも忘れなかった。

今も、訓練の帰り、ジルを馬車で送りながら、放火事件のことについて話していた。

「放火の犯人はルキウス？」

ジルは愕然とする。

「うん。実行犯が死んだから証拠はないんだけど、状況証拠から見てルキウスが絡んでいるのは間違いないと思う」

「くっ、ルキウス。ロランさんを追放しただけでなくそんなことまで。どこまで卑劣なんだ」

ジルは怒りに肩をワナワナと震わせる。

「それだけじゃないいんだよ。ジルの様子を注意深く観察した。

ロランは話しながら、ジルの様子を注意深く観察した。

彼女は本気で怒ってくれているように見える。

（とりあえずは成功かな。理想としてはこのまま『金色の鷹』を脱退してもらうことなんだけど、さて、どうなるか）

「おっと、『精霊の工廠』に着いたみたいだ。入ろう」

ロランは彼女を馬車から降ろして、『精霊の工廠』に入っていく。

そうしながらロランはジルのステータスをチェックする。

彼女への鍛錬は最終段階に差しかかろうとしていた。

【ジル・アーウィンのステータス】
腕力(パワー)：90（↑30）－100
耐久力(タフネス)：100（↑20）－110
俊敏(アジリティ)：90（↑20）－100
体力(スタミナ)：195（↑5）－200

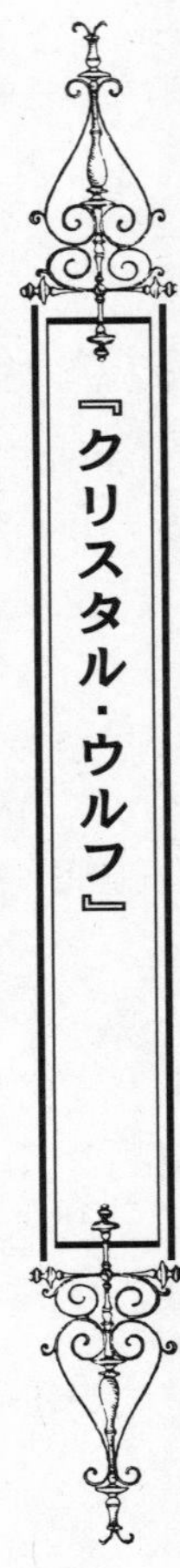

『クリスタル・ウルフ』

ロランとジルは『森のダンジョン』の16階層に来ていた。

『神域』から神々の僕は引き払い、呼吸するにも痛い空気は消えていたが、その荒涼とした土地はいまだ残っており、侵しがたい美しさを漂わせるとともに、人々の侵入を拒んでいた。

ロランとジルがしばらく進むと荒れ地の中で異彩を放つ場所に辿り着いた。

神々の僕が退去すると同時に宝石のような植物達もその光沢を溶かしていたが、そのような荒れ地にあって、そこはいまだにキラキラと輝くクリスタルの山を築いていた。

「ジル、あれを見てくれ」

「あれは……」

ロランが指し示した場所、そこには白銀の毛並みに3つの尾を生やした巨大な狼がいた。

氷山のように聳える結晶の上に横たわって眠っている。

「Aクラスモンスターにして神獣『クリスタル・ウルフ』だ。大昔、神の怒りを買って神界を追い出されたと言われている」

「綺麗なモンスターですね」

ジルは『クリスタル・ウルフ』の美しい毛並みについつい見惚れてしまう。

「あのモンスターを倒すことが君の最後の試練だよ」

「最後の？」

「そう、『クリスタル・ウルフ』を倒せば、君はSクラス冒険者になれるほどのステータスを得られるだろう」

そう言いながらロランの気持ちは複雑だった。

（ギルドの都合を考えれば、ジルの育成完了をなるべく遅らせた方がいいんだけれど……）

ロランはリリアンヌとの会話を思い出した。

彼女には、ジルの育成が最終段階に差し掛かっていることをすでに伝えていた。

リリアンヌは少し不安げな顔をしたあと、以下のように言った。

「部隊の指揮とダンジョン経営もあってお忙しいでしょう？　ジルさんの育成は多少後回しにしてもいいんですよ？」

（でも、ダメだ。手を抜くことはできない。それをすれば、ジルとの信頼関係に関わる）

ロランはジルの方をチラリと見た。

（もしここで手を抜けばジルはすぐに気づく。きっと彼女はもう二度と僕の手ほどきを受けてくれなくなるだろう。それだけじゃない。彼女がSクラスの冒険者になるチャンスを

僕自身の手でみすみす潰してしまうんだ。それだけは絶対にできない）

「さあ、ジル。行っておいで」

「ロランさん、どうしても行かなくてはいけませんか？」

ジルが不安そうにロランの方を見る。

「ジル……」

（バカだな僕は。一番不安なのは今まさに試練を迎える彼女じゃないか。自分の都合なんて考えてる場合じゃない）

ロランはいつもの笑みを向けて、ジルの緊張をほぐそうとした。

「君らしくないね。敵を前にして怖気付くなんて」

「ロランさん、私……」

（もし、これをクリアして私がSクラスの冒険者になったら、ロランさんとの時間はこれで終わり。そんなのイヤだ）

「ジル。もっと自信を持って。君は今までSクラスになるための鍛錬を積んできたじゃないか。何を怯えることがある？」

（違うんです、ロランさん。私は敵が怖いんじゃありません。私はあなたの下を離れたくなくって……）

「ジル、試練を前にして尻込みする気持ちは分かるよ。でもお願いだ。あと一度、あと一度だけ……」

ロランはジルの手をぎゅっと握って、彼女の目を真っ直ぐ見つめた。

「僕のことを信じて」

「ロランさん……」

「すまない。本当はもっと万全な状態で君の成長をサポートしたかった。けれども『魔法樹の守人』は人員を割いてくれなくて。その代わり、危なくなったら必ず僕が君を助ける。この命に代えても」

「……分かりました。ロランさんのことを信じます」

（ロランさんの下を離れたくない。でも、ここで私が手を抜けば、きっとロランさんはもう二度と稽古をつけてくれなくなる。それだけは嫌だ）

ジルはクリスタルの丘に足を踏み出して行った。

ロランはジルのステータスを『鑑定』した。

【ジル・アーウィンのステータス】

腕力：90－100

耐久力：100－110

俊敏：90－100

体力（スタミナ）：195－200

（ここまで可能な限り、ジルのポテンシャルを伸ばしてきた。これでも十分Ａクラス。恐ろしいまでのステータスだ。それでもＳクラスにはわずかに届かない。Ｓクラスになるには全てのステータス最低値が１００を越えなければ。でもジル。君ならこの試練、乗り越えられるはずだ）

ジルは神獣『クリスタル・ウルフ』に近づいていった。

神獣もジルが近づいて来ることに気づいて起き上がる。

（まずは耐久力（タフネス）からだ。ロランさんによると耐久力（タフネス）を鍛えなければ、腕力（パワー）と俊敏（アジリティ）はこれ以上伸びない。耐久力（タフネス）、俊敏（アジリティ）、腕力（パワー）の順に伸ばす。そのためにも、まずは『クリスタル・ウルフ』相手にガードを10回決める！）

ジルはクリスタルの山を登っていく。

脆（もろ）いクリスタルはジルの足下で割れ、陥没し、ジルの足を沈めていく。

まるで脆い雪の上を歩いているかのようだった。

（くっ、足が取られて……）

そうこうしているうちに『クリスタル・ウルフ』が攻撃を仕掛けてきた。

『クリスタル・ウルフ』は脆いはずのクリスタルの上をその巨体で軽やかに移動し、ジルに襲いかかってくる。

「くっ」

ジルは盾を構えて『クリスタル・ウルフ』の攻撃を防ごうとした。

強い衝撃に襲われる。

その軽やかな動きとは裏腹に、『クリスタル・ウルフ』の体当たりは、その巨体に見合った重量を持ち合わせていた。

しかし、ジルはどうにか盾で攻撃を防いで、直撃を避けることには成功する。

(判定は?)

ジルはチラリとロランの方に視線を移した。

(ダメだ。ガード失敗)

【ジル・アーウィンの耐久力(タフネス)向上条件】

ガード成功回数:0/10回

ロランは失敗であることを示す合図をジルに送った。

(威力を削(そ)いだと思ったが、今のでもダメか……。これは骨が折れそうなクエストだな)

ジルは盾を構えなおす。

ロランは遠くから見ながら歯がゆい思いだった。

（『クリスタル・ウルフ』。本来は弓使い（アーチャー）や攻撃魔導師で遠距離攻撃をしておびき寄せ、クリスタルの地面から引き離した上で、倒すのが定石だが……。下手に攻撃して敵のステータスを削るわけにはいかない。遠距離攻撃でおびき寄せられない以上、クリスタルの上で戦うしかない）

『クリスタル・ウルフ』はジルの周囲を円を描く様に足運びしながら攻撃のチャンスをうかがう。

ジルはクリスタルに足を取られて、方向転換すらままならなかった。

ジルの盾を持つ手と反対方向に回り込んだ『クリスタル・ウルフ』は、また飛びかかって爪で攻撃しようとする。

（足を取られるなら、いつもより強く地面を蹴って！）

ジルはいつもより足に力を込めてステップを踏み、盾を構え、『クリスタル・ウルフ』にぶつかっていく。

そうして『クリスタル・ウルフ』の攻撃を見事に跳ね返した。

（すごい。もう、クリスタルの足場に対応したのか）

（ロランさん。判定は？）

【ジル・アーウィンの耐久力(タフネス)向上条件】
ガード：1／10回

(ガード成功！)

ロランは親指を立てて、成功の合図を送った。

(よし。いける)

ジルは再び盾を構えて、『クリスタル・ウルフ』に向き直る。

攻撃を跳ね返された『クリスタル・ウルフ』は、ジルと距離をとる。

(そっちが来ないなら、こっちから行くだけだ！)

ジルは盾を構えたまま、突っ込んでいく。


「ジル！　右だ！」

ジルはロランの声に反応して、死角から攻撃が来るのを感じた。

『クリスタル・ウルフ』の3本の尻尾だった。

長く伸びた尻尾は大きく迂回(うかい)する一方で、その先端を槍(やり)のように鋭く尖(とが)らせ、ジルを斜め後ろ右側から突き刺そうとしてくる。

(くっ、3本同時攻撃か)

ジルは急遽、方向転換しながら盾で尻尾をぶん殴った。

（すごい。腕力で強引にガードした）

【ジル・アーウィンの耐久力向上条件】

ガード成功回数：6／10回

（これでガード成功回数は早くも6回。やはり、彼女はSクラスの資質。その辺りの冒険者とはモノが違う）

『クリスタル・ウルフ』はまた盾のない方向に回り込み、今度はその牙で嚙み付こうと飛びかかってくる。

しかし、ジルは気づいていた。

嚙み付き攻撃は囮で本線は尻尾による死角からの攻撃であることを。

ジルは剣で牙をいなし、盾で3本の尻尾を弾く。

【ジル・アーウィンの耐久力向上条件】

ガード成功回数：10／10回

（ガード10回成功！　第一段階クリアだ）

ロランはジルにガードが10回成功したことを示す合図を送った。

（ガード10回成功！　なら、次はクリーンヒットとクイックネス！）

ジルは自身のユニークスキル『耐久力超回復A』を発動させる。

ジルの耐久力は超回復し、翌日を待たず数値を向上させる。

【ジル・アーウィンのステータス】
腕力：90－100
耐久力：110（↑10）－115
俊敏：90－100
体力：195－200

　怒り狂った『クリスタル・ウルフ』が牙を剝き、闇雲に突っ込んでくる。

　ジルは跳躍して、『クリスタル・ウルフ』の背中の上に飛び乗り、剣を振り下ろす。

『クリスタル・ウルフ』はクリスタルの地面にしたたか打ち付けられ、結晶の破片が辺りに飛び散った。

【ジル・アーウィンの腕力(パワー)向上条件】
クリーンヒット成功回数：1／10
【ジル・アーウィンの俊敏(アジリティ)向上条件】
クイックネス成功回数：1／10

通じ合う想い

粉々に砕け散ったクリスタルが、粉塵(ふんじん)となって辺りに漂う。

ジルは自身にまとわりつこうとするクリスタルの破片を剣の一振りで薙(な)ぎ払った。

(敵は……『クリスタル・ウルフ』は？　まさか、もう息絶えたのか？)

クリスタルの地面にその体を打ち付けられた狼(おおかみ)は、先程から微動だにしない。

(まだクリーンヒットもクイックネスも、一度しか決めていない。ここで、息絶えられては困るんだが……)

ジルはロランの方をチラリと見た。

ロランはジルに戦いはまだ続いていると合図を送る。

(油断するなジル。『クリスタル・ウルフ』のステータスはまだ生きている)

【『クリスタル・ウルフ』のステータス】
腕力(パワー)：80－90
耐久力(タフネス)：85－95
俊敏(アジリティ)：90－100

体力(スタミナ)：100→130

（了解です。ロランさん）

ロランからメッセージを受け取ったジルは再び剣と盾を構え直し、戦闘態勢に戻る。

すると、『クリスタル・ウルフ』がむくりと起き上がってこちらに頭を向け、口を開いた。

「人間の娘よ」

「!?」

「人間の娘よ。ここにはお前達(たち)の望む宝も何もない」

（しゃ、しゃしゃしゃ、喋(しゃべ)ったあああああ!?）

「しかるに！　何故、我が縄張りを荒らす？」

（『クリスタル・ウルフ』って喋るんだ……）

ジルは突然のモンスターとのコミュニケーションにたじろぎながらも、答えを返す。

「『クリスタル・ウルフ』よ。私は宝や名声を求めてここに来たわけではない」

「ほう？　では貴様は何を求めてここに来た？」

「私は力を求めて、ここに来たんだ」

「力？　それほどの強さを持ちながら、まだ力を望むか？　人間の分際で！」

「あなたに恨みはないが、私にも譲れないものがある。私の修行に付き合ってもらうぞ」

「よかろう。だが、命をかけてもらうぞ」

「覚悟の上だ！」

『クリスタル・ウルフ』はニンマリと邪悪な笑みを浮かべた。

ジルはそのケダモノじみた笑みにゾッとする。

「もし、貴様が負ければその柔い肉、食らわせてもらうぞ。女の肉を食うのは久しぶりだ」

（美しい毛並みの中に隠された邪悪な本性。それがこいつの正体か）

「神獣よ。なぜあなたが神界を追い出されたのか、今、ようやく分かった。どれだけ美しい毛皮を被っていても、所詮、狼は狼か！」

「ほざけ！」

『クリスタル・ウルフ』が咆哮をあげる。

ロランは異変を察知した。

（これは！『クリスタル・ウルフ』の魔力が変化してる）

「ジル、気をつけろ！　魔法が来るぞ」

（魔法？）

瞬間、ジルの足下のクリスタルが氷柱状となり、彼女を襲う。

「ぐっ、がはっ」

ジルはクリスタルの氷柱にお腹を突かれ、そのまま押し上げられて、宙を舞った。

『クリスタル・ウルフ』は氷柱の上を飛び跳ねて、素早く移動し、宙に舞う彼女をその大きな顎で噛み砕こうとする。

しかし、ジルの全身を口に咥えた『クリスタル・ウルフ』は、顎が閉じられないことに気づいた。

ジルは狼の上顎を盾で、下顎を剣で受け止めたのだ。

（こやつ、氷柱をあれだけ受けておきながら、ほとんどダメージを受けていない!?）

『クリスタル・ウルフ』はジルの耐久力の高さに驚愕した。

ジルは『クリスタル・ウルフ』の口の中を蹴って、虎口を脱する。

ジルと『クリスタル・ウルフ』は地面に落ちて、再び追いかけっこを始める。

『クリスタル・ウルフ』はどうにかジルの背後に回り込もうと走り回るが、俊敏は互角だった。

ジルはなかなか背後をとらせない。

痺れを切らした『クリスタル・ウルフ』はまた、クリスタルの氷柱を地面から生やして攻撃してくる。

ジルは剣で向かってくるクリスタルの氷柱を薙ぎ払った。

『クリスタル・ウルフ』は氷柱を渡り歩きながらジルの背後に回り込もうとする。

どちらも優位な位置を取れず間合いを取り合い、たまに爪と剣、牙と盾で鍔迫り合いをする時間が長く続いた。

ジリジリとしたいつ果てるとも分からない消耗戦が続いて、『クリスタル・ウルフ』は苛立ちを募らせる。

一方でジルは高揚し、ますます感覚が研ぎ澄まされていく。

一瞬、重騎士と銀狼は足を止めて、睨み合う。

その時、1本の矢が『クリスタル・ウルフ』の足下に突き刺さった。

（なんだ、この矢は？）

それはロランの放った矢だった。

（僕の攻撃力では『クリスタル・ウルフ』にダメージを与えることはできない。だが、気を散らせるくらいなら……）

ロランはさらに矢を放ち続けた。

『クリスタル・ウルフ』は目に見えて苛立ち、唸り声を上げる。

一瞬、視線をロランの方に移す。

ジルはその隙を逃さず、スキル『一点集中A』（他のステータスを消耗する代わりに、特定のステータスを著しく向上させるスキル）を発動して、俊敏を大幅に向上させ、『クリスタル・ウルフ』の死角に入り込み、背後をとる。

『クリスタル・ウルフ』は慌てて逃げようとするが、ジルはさらに背後に回り込んでクイックネスを決める。

(こやつ、私の動きを読んで……)

(5回、6回……9回、10回目！　10回のクイックネス達成！)

ジルはロランの方をチラリと見やる。

「ジル！　クイックネス10回達成だ」

ロランが言った。

ジルは剣を握り直して、『クリスタル・ウルフ』の胴体に振り下ろす。

『クリスタル・ウルフ』が地面に叩き伏せられた。

さらにジルは、連撃を繰り出して、10回以上クリーンヒットを叩き出す。

鬼神の如きジルの猛攻に、ついに『クリスタル・ウルフ』はピクリとも動かなくなり力尽きる。

「ハァハァ……」

(や、やったのか？)

ジルは息を整えつつ、ロランの方を見る。

【ジル・アーウィンの腕力（パワー）向上条件】
クリーンヒット成功回数：12／10
【ジル・アーウィンの俊敏（アジリティ）向上条件】
クイックネス成功回数：10／10

（クイックネス、クリーンヒット、共に10回達成。クエストクリアだ）

「ジル、クエストクリアだ」

ロランがジルに成功の合図を送った。

「や、やった。ロランさんっ」

ジルがロランの下に駆け寄ろうとすると、突然、足場がぐらつくのを感じた。

「な、なんだ？」

クリスタルの山が地響きをあげながら崩れようとしていた。

ジルは足を取られてその場から動けなくなってしまう。

さらに山の上方ではクリスタルが雪崩（なだれ）となり、かけ降（くだ）ろうとしていた。

「ジル！」

「ロランさんっ」

ロランは急いでジルの下に駆け寄ろうとする。

しかし、クリスタルの雪崩がジルを飲み込む方が早かった。

ロランは必死でクリスタルを掘り返した。

埋まっているジルを傷つけることのないよう素手でクリスタルを押しのけていく。

手が擦り傷だらけになった頃、ようやく彼女を見つける。

彼女は『クリスタル・ウルフ』の毛皮に包(くる)まれて、目を瞑(つぶ)っていた。

その美しい顔にはクリスタルの破片が散らばっているが、外傷はなかった。

クリスタルを自在に操る『クリスタル・ウルフ』の不思議な力によって守られたようだ。

「ジル！　ジル！　しっかりしろ。ジル！」

ロランが呼びかけると彼女はゆっくりと目を開いた。

ロランはジルの手を摑(つか)んで引き上げる。

「よかった。君が生きていて。怪我(けが)はないかい？」

「はい。『クリスタル・ウルフ』の毛皮が守ってくれたみたいです」

ジルはいまだ自分に纏(まと)わりつく白銀の毛皮を示してみせる。

「そうか。よかった」

天空に一筋の光が昇るのが見えた。

「あれは……」

「『クリスタル・ウルフ』の魂だ。神界に召されていく。どうやら罪を許されたようだね」

ロランはあらためて、ジルの方を見る。

「ジル、おめでとう。これで君は街で最強の冒険者だよ」

「ロランさんのおかげです」

ロランがジルのステータスを『鑑定』してみる。

【ジル・アーウィンのステータス】
腕力（パワー）：20－1100
耐久力（タフネス）：30－1115
俊敏（アジリティ）：20－1100
体力（スタミナ）：40－200

彼女のステータスはすっかり消耗していた。

しかし、ロランにはそれが何よりも美しく見えた。

なんて美しく、いじらしい娘だろう。

自分を慕って、ついて来てくれて、そしてここまで成長してくれた。

ロランは彼女のためにどんなことでもしてあげたい気分になった。

ジルはロランの手元を見た。

至る所に擦り傷が付いている。

自分を捜すためにあちこちクリスタルの地面を掘り返してくれたようだった。

(ロランさん。私を助けるために)

ジルは感謝の気持ちで一杯になった。

彼女は思わず擦り傷だらけのロランの手に自分の手を重ねる。

すると、互いに想(おも)い合う2人だけに作用する不思議な力が働いて、それまで決して通じることのなかった想いが通じ合った。

2人はどちらからともなくキスする。

ジルの造反

出資者達(たち)から1億5千万ゴールドの資金をモニカ達の引き抜きに使う許可を得たルキウスは、『金色の鷹(たか)』に帰還していた。

(やれやれ。どうにか出資者達の同意を得ることができた。これで『魔法樹の守人』への引き抜きはどうにかなるだろう。全く手間をかけさせてくれる)

ルキウスは他人の金を使うことの不自由さにうんざりした。

(だが、これで勝負は決まったも同然だ。いくら移籍に対して抵抗があるとしても1人5千万ゴールドで、首を縦に振らない者はいまい。いざという時は1人に対して1億5千万全てつぎ込めばいい)

1人移籍させることができれば、残りの2人も本当に断ってよかったのかと後悔し始める。

さらに次からは移籍に対する罪悪感も薄れる。

移籍を巡って主力部隊の間でもギスギスするだろうし、『魔法樹の守人』に与えられるダメージは計り知れないものになるだろう。

(これで引き抜き問題については一応カタがついた。さて久々の帰還だ。留守番していた奴らは上手くやっているんだろうな？）

ルキウスはここ最近の悩みから解放されて、久しぶりに上機嫌でギルド長室に入り込んだ。

しかし、留守中の出来事について部下からの報告を耳に入れるや否や、たちまち額に青筋を浮かべて、激怒した。

「錬金術ギルドが造反している？　『魔法樹の守人』が勝手にダンジョン経営を始めている？　ジルが『魔法樹の守人』に与している？　バカヤロウ！　何をやっているんだお前達は！」

ルキウスは報告に来た者達に向かって怒鳴り散らした。

怒鳴られている者の中にディアンナの姿はない。

彼女はまたもやそんなことは自分のあずかり知らぬ事と言わんばかりにルキウスの隣でツンと澄ましていた。

彼らはルキウスに一通り怒鳴られた後、ギルド会員としてクラスダウンを告げられた上で、退室を命じられた。

「全く。少し俺が留守にした途端このザマだ」

「申し訳ありません。まさか水面下でこのようなことになっているとは」

「ディアンナ！　お前もお前だ。これほど問題が大きくなっているというのに何も気づかなかったのか」

「実は私の方でもジルの行動が怪しいことには薄々気が付いておりました。独自に調査した上ですでに対策は立てております」

「なに？　そうなのか？……そうか。そうだったのか。すまない、つい怒鳴ったりして」

「いいえ。気にしておりませんわ」

ディアンナはニッコリと笑って見せる。

「やはり君だけは他の愚図どもとは違う」

「恐れ入ります」

「それで？　その対策とやらは一体どういうものなんだ？　早く聞かせてくれ」

ルキウスはすっかり機嫌を取り戻して彼女の調査報告に耳を傾けた。

しかし、報告を聞き終わると、またルキウスは青筋を立てて怒り心頭に発する。

「ジルが……ロランの下で指導を受けているだと？　今すぐジルをここに呼び出せ！」

『精霊の工廠（せいれいのこうしょう）』で朝食をとり終えたジルは、帰り支度を済ませて、部屋の玄関に立っていた。

「では、行ってきます」

「ジル、本当に『金色の鷹』に戻るのかい？」

「ええ。そろそろルキウスが帰って来る頃です。それにもうこれ以上ロランさんにご迷惑をかけるわけにはいきません」

「……そんな、迷惑だなんて。そんなこと少しも思っていないよ。もう少しウチにいたら？」

「いいえ。そういうわけにはいきません」

ジルはピシャリと言った。

「ロランさんの話を聞いてよく分かりました。『金色の鷹』が享受している今の地位。それは不当にもたらされたものであるということが。『金色の鷹』の外に出るまで気づきませんでした。まさか『金色の鷹』がこんなにも沢山の不正を行っていたとは。そしてそれは今も続いている。このような歪な現状は正されなければなりません。『金色の鷹』はこれまでの不正と罪を償う必要があります。そしてルキウスは『金色の鷹』が道を踏み外したことについて責任を取らなければなりません」

「ルキウスに責任を取らせるって言ったって、そんなことどうやって……」

「私がルキウスに直訴してきます。彼が私の言を聞き入れないのであれば、私は『金色の鷹』で賛同者を募り、ルキウスに退任するよう迫ります。それでも何も変わらないのであれば、私の手でルキウスを殺します」

「そんな……ダメだよ。もっといい方法があるはずだ。もう一度一緒に考えて……」

「心配してくださりありがとうございます。ですが、私はもうこれ以上ルキウスがあなたに危害を加えるのを黙って見ていることはできません」

「ジル……」

　ジルはふっと微笑んだ。

「どうやらお迎えがきたようです」

「えっ？」

　ジルが指し示す方を見ると、立派な馬車がこちらに近づいてきていた。

『精霊の工廠』前で止まり、1人の女性が馬車から降りる。

「ディアンナ……」

　ロランは苦々しげに彼女を見た。

　ジルは毅然とした態度で彼女に向き合う。

「やはりここにいたのね、ジル。乗りなさい。ギルド長がお呼びよ」

「ああ、今行く」

「ジル……」

「私が『金色の鷹』で混乱を起こしているうちに、ロランさんは『魔法樹の守人』でなるべく多く戦果を稼いでください」

　ジルはディアンナに聞かれないようロランの耳元で囁く。

「ロランさん、色々と優しくしてくださりありがとうございました。もし、無事に帰ってくることができたら、また抱きしめてください。では」

ジルはロランの頬にキスをしてから馬車に乗り込んだ。

馬車に乗り込んだ彼女は、まるで護送される囚人のように、両脇を武装した兵士に挟まれながら『金色の鷹』まで運ばれた。

『金色の鷹』に到着すると、ジルはそのまますぐにギルド長の部屋まで連行される。

「ここに呼ばれたのはどういう理由か分かっているだろうね、ジル？」

ルキウスは開口一番そう尋ねた。

「さぁ。皆目見当がつきません」

「そうか。なら、教えてやろう。ディアンナ」

「はい」

ディアンナはジルに『魔法樹の守人』のセミナーに出ていたこと、『精霊の工廠（こうしょう）』の工房（アトリエ）に出入りしていたこと、ロランの指導を受けていたこと、についての動かぬ証拠を提示した。

「もし。これで不満だと言うのなら、証言者もいるわ。呼んでみせましょうか？」

「一体どういうことかね？　数々の利敵行為。いくら君とはいえ、見逃すわけにはいかないぞ」

（泥棒め）

ジルは怒りに目を吊り上げた。

（お前がその椅子に座れているのは誰のおかげだと思っている。お前がその椅子に座れているのは、本来座るべき人物を押し退けたからに他ならない！）

「どういうこと？　それを聞きたいのは私の方です」

「なに？」

「あなたは！　そのような立派な席に座っていながら何も見えていないのか？　『金色の鷹』はすっかり変わってしまった。街一番のギルドの威光はすっかり消え、会員達は勇敢さをすっかり忘れ、ダンジョンを探索するよりも自らの保身のために互いの足を引っ張り合っている。『魔法樹の守人』に劣勢を強いられ、ギルドの屋台骨が傾きつつあるこの時に、自らを犠牲にしてでも状況を覆そうと考える者は1人もいない！　それもこれも、全ては実力よりも好き嫌いで、諫言よりも媚びへつらいで、重用する人物を決めてきたあなたのせいだ！」

ジルはルキウスを弾劾するように言った。

「私はこれ以上、あなたのせいでギルドがおかしくなっていくのを黙って見ているわけにはいかない！」

「貴様……ロランに何を吹き込まれた？」

「……おっしゃる意味が分かりませんね。とにかく、私はもうこれ以上あなたの命令に従うことはありません。今日、ここまで来たのはそれを言うためです。では」

「待て。どこへ行く？」

「あなたの命令の届かない場所です。私はこれ以上、あなたの命令に従うことはできません」

そう言い残してジルは颯爽（さっそう）とルキウスの部屋を後にした。

ルキウスは激怒したが、このジルの発言は瞬く間にギルド内を駆け巡り、多くの者が同調した。

「そうだよ。ジルの言う通りだ！」

「ルキウスは責任を取るべきだ！」

ギルド内部ではすぐに『ジル派』なる派閥が形成され、ルキウスへの不満を募らせる者達はこの機会に集い、建物の一室を占拠して反旗を翻した。

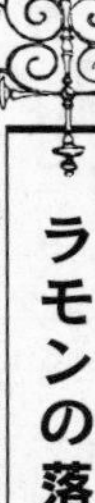

ラモンの落日

「おのれあの女！　甘やかしていたら、付け上がりやがって」

ルキウスは声を荒らげ、怒りを露わにした。

しかし、どれだけ声を荒らげたところで問題は解決しない。

このままでは組織の機能がことごとく停止する恐れがあった。

やむなくルキウスは『ジル派』に対して使者を送り懐柔しようとした。

しかし、彼らはルキウスが退任しない限り、交渉には応じないと返す。

交渉は平行線を辿り、『金色の鷹』は混迷を極めた。

ルキウスがジルの対応に追われている頃、ラモンもまた追い詰められていた。

（マズイ。このままでは。……もうすぐ新しいダンジョンが出現してしまう）

ロランとの関係は冷え切ったままだった。

モニカ達を『金色の鷹』に売って資金を手に入れる算段のはずが、ロランとの関係は一向に改善する兆しがない。

（今だからこそ、モニカ達は高値で売れるんだ。冒険者なんて時の移ろいと共に値段の変

わる投機商品と同じ。次の月になっても彼女らに同じ値札が付いている保証なんてどこにもないぞ）

やむなくラモンは会議を開き幹部達に協力を求めた。

彼は会議の席で結束の必要性を強調し、熱弁した。

「今はギルド内で争い合っている場合ではない！　ギルドの未来のために即刻、全員で協力して資金を捻出するべきだ」

しかしロランとリリアンヌは拒否した。

それどころかラモンの退任を要求した。

「ギルドの財政がここまで傾いたのはギルド長、あなたの度重なる失策が原因です。私はここにラモンの不信任を表明します」

リリアンヌがそう宣言したことで、その場で不信任の決議が行われた。

多数決の結果、全会一致でラモンの退任が決定する。

かつてはAクラス冒険者として『魔法樹の守人』に多大な功績を残したラモンだったが、ギルド長としては大した成果を残せず、最後は追い出されるようにしてギルドを去ることとなった。

新たなギルド長にはリリアンヌが就任することになった。

こうして新しいリーダーをトップに据えた『魔法樹の守人』であったが、資金難であることに変わりはない。

ロランとリリアンヌは2人で話し合いを重ねた。

2人が調べた結果、今月の支払いにはどうしても1千万ゴールドほど足りないことが分かった。

「やはり、融資を受けるのは難しいのかい？」

「ええ、いくつか銀行を回ってみたのですけれど、彼らはこの街の冒険者稼業はもうこれ以上うまみがないと思っているようです」

「なるほど……」

この街では月に3つほどしかダンジョンが出現しなかった。

にもかかわらずAクラス冒険者は乱立し、ダンジョン攻略できる部隊数が増え、ダンジョン攻略の競争は激化する一方だった。

今後もこの傾向が続くようであれば、部隊編成にかかる費用は大きくなる一方で、1つのギルドに入る実入りは少なくなるばかりだろう。

（確かに出資者の側からすればこれ以上出資するメリットはないか）

「それでロランさん、モノは相談なんですけれど、『精霊の工廠』に出資者になってもらうことはできませんか？」

「『精霊の工廠』が出資者に……ですか？」

「ええ。どうにかお願いできませんか？」

「もちろん『魔法樹の守人』を助けたいのは山々だけど……『精霊の工廠』の方で、1千万ゴールドか……。うーん、工面できるかなぁ」

ロランは『精霊の工廠』の財務帳を思い出してそれだけの資金を捻出できるかどうか考えてみたが、ギリギリ足りないような気がした。

「私に考えがあるんです」

「考え？」

「はい。まず『精霊の工廠』の方で銀行に出資してもらうんです。その上で『精霊の工廠』が『魔法樹の守人』に出資する」

「なるほど。銀行と『魔法樹の守人』の間に『精霊の工廠』を挟むわけか」

「はい。『精霊の工廠』なら現在銀細工の事業が伸びているところですし、銀行側も出資してくださると思うんですよ」

「なるほど。確かにやってみる価値はあるかもな」

ロランが銀行に行って、上記の内容の融資を申し出ると、銀行の担当者は意外にもあっさりと首を縦に振った。

「かまいませんよ」

「本当ですか？」

「ええ。『精霊の工廠』は今、街で最も伸び代のあるギルドの1つですからね」

（『精霊の工廠』ならエルセン伯のお墨付きがあるからな。たとえ経営が傾いたとしても、エルセン伯の方に行けばいい。取りっぱぐれることはないだろう）

こうして『精霊の工廠』は銀行から1億ゴールドの出資を受けることになった。

ロランは『魔法樹の守人』の出資者として名を連ね、役員へと就任した。

『精霊の工廠』というドル箱と深い繋がりのあるリリアンヌは『魔法樹の守人』において絶対的な権力を握るようになった。

あらゆる部署の人間は予算を通してもらうために、何事も彼女にお伺いを立て、おもねるのであった。

こうして『魔法樹の守人』は、ダンジョン経営、新戦力の補強、ステータス調整、部隊の編成、アイテムと装備、資金の調達まであらゆる面で『金色の鷹』を圧倒した状態で、新たなダンジョンの出現を迎えた。

ルキウスの苦悩

『金色の鷹』本部にいるルキウスの下に、驚くべき知らせが届いた。

ジルに関する問題が一段落ついたと思った頃だった。

「なんだと!? ラモンが『魔法樹の守人』を追放された!?」

(くっ。せっかく多大な労力と時間をかけて、モニカを引き抜くための資金を用意したというのに。ラモンが追放されたとあっては交渉のチャンネルが断たれたも同然じゃないか)

今後は、ロランやリリアンヌと直接交渉しなければならない。

引き抜き工作は失敗に終わったも同然だった。

(くそっ。なぜこう何もかもうまくいかないんだ)

ルキウスは頭を抱えた。

彼の頭を悩ませるのはそれだけではない。

ジルとの緊張関係はいまだ続いていた。

ルキウスは懐柔するため、ジルに部隊長の地位と給与の増額を提示したが、ジルはロランの復帰を要求した。

しかし、今さらロランが『金色の鷹』に復帰してくれるはずなどない。

ルキウスにとってジルに関連する一連のいざこざは終わりの見えない問題になりつつあった。

（なんとか、なんとかしなければ……）

明日には銀行家がルキウスに引き抜き工作の成否について尋ねに来ることになっていた。

そこでなんらかの成果を示せなければ、ルキウスの立場は危うくなるばかりだった。

ロランはダンジョン攻略に向けてクエスト受付所に赴いていた。

（今回はモニカ達だけでなく、リック達のクエストも準備しなきゃいけないからな。やれやれ。人が増えると大変だよ）

「ロランさん？　あなたはロランさんでは？」

「はい？　そうですが？」

「やっぱり。お久しぶりですね」

「その声、ひょっとしてクラリア!?」

「ええ、そうです」

ロランはクラリアの姿に目を疑った。

以前の華やかさはすっかりなりを潜め、うらぶれた姿になっている。

受付嬢だった頃の清潔感は見る影もなく、服はクタクタ、髪はボサボサ、一歩間違えればホームレスと見紛うほどの姿であった。

「どうしたの？　そんな姿になって」

「それが、ロランさん聞いてください！」

クラリアはロランに縋り付いて、涙ながらに事の顛末を訴え始めた。

彼女はロランによって告発された後、受付嬢をクビになってしまった。

さらに給与3ヶ月分の罰金を裁判所によって科され、財産は差し押さえられた。

前職で懲戒解雇されたことからなかなか新しい職も見つけられず、家賃も払えなくなり、すっかりドン底生活に身をやつすことになってしまった。

「そうして仕事をクビになった上、罰金も払わなければならず、二進も三進もいかなくなって先日、宿の方も追い出されてしまいましたぁ」

「宿も追い出されたって……、君、貯金とかしてなかったの？……してなかったんだね」

ロランは受付嬢だった頃の彼女の身なり、イチ受付嬢が身に着けるにしては高価すぎる装飾品を思い出した。

身に着けるもの1つとってもそうなのだから、その他の暮らし向きについても、さぞや身の丈に合わない派手な生活を送っていたに違いなかった。

「もうここ数日間、お風呂にも入っていませんし、ロクなものを食べていません」

「そ、そうなんだ。それは気の毒だったね。あっ、そうだ。僕はこれから急ぎの用事があるんだった。それじゃまたね」

「待ってください！」

クラリアがロランの腕をがしっと摑む。

「聞きましたよロランさん。『魔法樹の守人』の出資者になられたそうですね」

「え、ええ。まあ」

「私を雇ってください」

「えっ!? 君を？」

「ズルイですよロランさんだけ出世して。私のことも助けてくださいよぅ」

「助けてって言われても……」

ロランはクラリアを『スキル鑑定』してみた。

『アイテム鑑定』：B↓B

『スキル鑑定』：C↓C

（う、うーん……、微妙……）

「クラリア。悪いけど君のスキルでは……」

「うわぁーあん。お願いです。見捨てないでください」

クラリアはますますロランにしがみついてきた。

「ちょっ、クラリア!?」

道端の人達がロランとクラリアの方を見てヒソヒソと話し始める。

身を落とした若い女性に哀訴されながらしがみつかれて、これではロランが彼女を酷い目に遭わせたように見えた。

「私はただ上司の指示に従っただけなのにこんな風に食い詰めるなんて、あんまりじゃありませんか」

「落ち着いて。分かった。分かったから」

ロランは彼女を落ち着けて、体を引き離す。

彼女は地べたに座り込みながらメソメソと泣き続ける。

「うう……」

「えっと、じゃあ僕の秘書やる?」

「やります。やりますとも。秘書でも、なんなら愛人でもなんでもなりますからぁ」

「……何言ってんだよ。さ、バカなことは言わずに、まず身だしなみを整えようか。そんな恰好じゃ仕事にならないよ」

「『魔法樹の守人』のトップが替わったそうだね」

重々しい調度品の置かれた客間で、銀行家が葉巻を灰皿に押し付けながら言った。

ルキウスは黙り込むほかなかった。

「引き抜きは失敗した……。そういうことだね？」

「……」

「どうするつもりかね。今月も『魔法樹の守人』に後れを取るようなら、私としても資金を引き上げざるを得ないよ」

「ご安心ください。必ずや巻き返してみせます」

「巻き返す？　この戦力差でかね？」

銀行家は呆れたように言った。

「……」

「まあ、君がそう言うなら最後のチャンスをやろう。しかしこれが本当に最後だ。もし今月、目に見えた成果が出せないようなら……分かっているね？」

「ええ、もちろんです」

「本当に分かっているのかね？　もはや言葉や態度だけで済む問題ではないぞ。行動で示してもらう必要がある」

「……と言いますと？」

「君にも責任をとってもらう。『金色の鷹』ギルド長の地位は剝奪。役員は一新。さらには我々出資者の被った損害についても賠償してもらう」

「かしこまりました」

ルキウスは渋々承諾した。

側でそれを聞いていたディアンナは愕然とした。

(なっ、役員の一新ですって？　まさか、私までクビになるの？)

ディアンナは顔面蒼白になる。

『金色の鷹』をクビになって平凡な労働者になればどうなるのだろう。

日がな一日あくせくと働き、そうしてもらえたなけなしの給与の中から、賠償金を工面して、残った雀の涙のようなお金をやり繰りして慎ましい生活に身をやつす。

それは彼女にとって考えただけでもゾッとする未来だった。

(冗談じゃないわ。ルキウスの巻き添えに私までクビになるなんて、そんなの真っ平御免よ。どうにか自分だけでも助かるように手を打たなければ……)

ルキウスは銀行家への公約を果たすため、早速動き出した。

『金色の鷹』本部にてダンジョン攻略会議が開かれる。

しかし、今やセバスタはおらず、ジルもストライキを起こしているため、その場にいる

Aクラス以上の冒険者はアリクだけだった。

（くそっ。なんてことだ。あれだけ強力なメンバーのいたこのギルドが、今や使えるのはアリクだけとは）

そういうわけで会議はアリクの独擅場だった。

「今月もこの街には3つのダンジョンが出現するようだ。だが、もはや我々に戦力を分散している余裕はない！」

セバスタがいなくなり、ルキウスも政治力を失っている中、アリクに反論できる者はいない。

「今や、『金色の鷹』と『魔法樹の守人』の立場は完全に入れ替わってしまった。一方で『魔法樹の守人』には有望な冒険者がわんさかと出現している。我々の優位は完全に消えたのだ。この状況で、3つのダンジョンにギルドの戦力を分散させるのはまさしく愚挙としか言いようがない。我々が『魔法樹の守人』に勝利する方法はただ1つ！　全ての戦力を『鉱山のダンジョン』に集中する他ない！　『鉱山のダンジョン』さえ手に入れれば、離れていった錬金術ギルドの心も取り戻せるはずだ。さすれば我々は再び最強の冒険者ギルドとなるだろう。ゆえに『鉱山のダンジョン』にはギルド内最強の冒険者、最強の部隊を当てるべきだ。僭越ながら、『金色の鷹』唯一のAクラス冒険者である私アリクと、その麾下の部隊が『鉱山のダンジョン』を担当するのがよいかと思う。まさか異議のある者はいまいな？」

会議の場は静まり返った。

誰もアリクに対抗したり、反対したりする者はいない。

皆、アリクの言うことに唯々諾々と頷くのみである。

流石のルキウスも反論する余地は無かった。

（まさかアリクに頼る他なくなるとはな）

ルキウスは数ヶ月前と比べ、自らの境遇を思い、やるせなくならずにはいられなかった。

『金色の鷹』でアリクが熱弁をふるっている頃、『魔法樹の守人』でもダンジョン攻略会議が開かれていた。

「セバスタがいなくなり、内部で対立が起こっている今、『金色の鷹』で警戒が必要なのはアリクの部隊だけだ」

ギルド長の席に最も近い場所から、ロランが発言した。

「なるほど。つまりアリクの部隊さえ押さえれば他は取るに足りない相手だと。そういうことですね？」

ギルド長の席から、リリアンヌが確認するように尋ねた。

「はい」

「では、アリクの部隊に『魔法樹の守人』も最強部隊をぶつけましょう。『金色の鷹』は錬金術ギルドを再び支配下に置きたいと考えているはず。アリクの部隊は『鉱山のダンジョン』に向かうと見てよいでしょう」

「そう思います。もし違っていたとしてもアリクの動きを見て、こちらも合わせればいいだけです」

「そうですね。それで……、『魔法樹の守人』はどの部隊をアリクにぶつけますか？」

「ギルド長はまだ就任して間もないので、しばらくは本部に残っているべきかと」

「では『鉱山のダンジョン』には……」

「僕が行きます」

ロランが静かに、しかし決然と言った。

（止めを刺す。『金色の鷹』に、そしてルキウスに！）

アリクの決意

ルキウスの不在、セバスタの失脚、ジルの造反など度重なるお家騒動の影響から、『金色の鷹』の会員達が軒並みステータス調整に失敗する中で、1つだけ、以前と変わらぬ状態でその勢威を維持している部隊があった。

万能魔導師アリク率いる、『金色の鷹』主力第1部隊である。

彼は自分の部下達にこれらの内部抗争に参加することを禁じ、ステータス調整に専念させていた。

「『金色の鷹』を離れましょう。もうこのギルドは終わりです」

副官の1人はアリクにそう言った。

「ルキウスは、このギルドは金勘定のことしか頭にありません。そのうえ頻発する騒動の数々。そのせいで見てください。もうメチャクチャですよ。トレーニングすらままなりません。別のギルドに行って一からやり直しましょう。違約金だって支払う義理はありませんよ。もう十分我々はこのギルドに尽くしてきました。にもかかわらずルキウスは決して我々の貢献を認めたりはしません。今までも、そしてこれからも！……街を抜け出しましょう。あなたがやると言うのなら我々はあなたについて行きますよ」

「ダメだ。確かにこのギルドにいる限り俺はこれ以上認められることはないかもしれない」

「だったら……」

「だが、今俺が辞めたとしたらどうなる？　ギルドはますます混迷を極めることになるだろう」

「……」

「そうなれば、残された者達はますます苦しむことになるだろう。自らの責務を放り出して、他の者にそれを押し付けるなど、俺にはそんなことできない」

「アリク……」

「『金色の鷹』を抜けると言うのなら止めはしない。だが、俺は抜けるつもりはない。ここに留まって最後まで戦う」

「あなたという人は……」

「隊長。部隊の準備完了致しました」

回想に耽っていたアリクは副官に話しかけられて目を開ける。

「ん。ご苦労」

アリクは腰を上げて、自らの目で整列した部隊を確認する。

ここは『鉱山のダンジョン』の前。

アリク達は新たに現れたダンジョンの探索に向けて集合を終えたところだった。

隊員達は全てBクラスの冒険者、Bクラスの装備で揃えられており、アリク隊本来の姿を取り戻していた。

アリクは編成した部隊を見ながら、前回、リリアンヌに敗北した苦い経験を振り返った。

（前回はルキウスにBクラス冒険者を取り上げられて思わぬ劣勢を強いられてしまったが、今回はルキウスから余計な横槍を入れられる心配もない。これなら全開のリリアンヌにも遅れをとることはないはずだ！　この前の借り、返させてもらうぞ！）

「よし。それじゃダンジョンに入る許可が下り次第、1班から順番に……ん？　なんだこの歓声は？」

「あれは……『魔法樹の守人』が到着したようですね」

アリクの副官が言った。

「部隊の隊長は……リリアンヌじゃない？　あれは……」

（ロランか……）

アリクが部隊の先頭にロランの姿を認めると、ロランの方もアリクがいることに気づく。

（アリク。やはり君が『鉱山のダンジョン』に来たか）

（まさかお前と戦うことになるとはな。ロラン）

アリクはロランが『金色の鷹』にいた頃のことを思い出す。

あの時ロランはしがない新人教育係の1人で、彼に注視する者は誰も居なかった。

しかし、アリクには分かっていた。

突然、『魔法樹の守人』にAクラス冒険者が現れたのが一体誰の功績なのか。

2人は一瞬目を合わせるだけで、すぐ逸らし自分の部隊の準備へと戻った。

「この大一番でまだ設立間もない部隊をぶつけてくるとは。舐められたものですね」

「リリアンヌはギルド長に就任したばかりです。本部から動けないのかも」

「お前達、あまりロランを見くびるなよ。奴の部隊は新設とはいえ、その戦力は折り紙つきだ。なにせAクラスに匹敵する冒険者を3人も保有している。十分に強敵だ」

アリクがそう言うと副官達は押し黙った。

(この短い期間でAクラス冒険者を3人も育てるとはな。確かにお前の育成能力は凄いよ、ロラン。おそらく総合力だけで言えば、この街に敵う部隊はないだろう。だが、部隊の運用。この一点にかけてはまだ俺の方に一日の長があるはず)

アリクは再度自身の部隊を見回した。

皆見知った顔ぶりで、歴戦の強者というだけでなく、連携についても折り紙付きだった。

おそらく街で最も統率の取れた部隊だろう。

(冒険者のクラスだけが全てじゃない。それを見せてやる)

「アリク！　おいアリク！」

アリクは自分を呼ぶ声に振り返った。

「ルキウス……。一体どうしたんだこんなところまで」

アリクはルキウスの顔を見て驚いた。

ギルド長がわざわざダンジョンに入る前の部隊を見送りに来る、それだけでも異例だが、何よりアリクを驚かせたのはルキウスのすっかりやつれたその顔つきだった。

彼の表情はすっかり憔悴（しょうすい）しきっており、まるでここ数日でいきなり10年も老け込んだかのようだった。

「アリク。大丈夫なんだろうな？　『鉱山のダンジョン』は間違いなく攻略できるんだろうな？」

アリクの部隊員達は冷めた目でルキウスの方を見た。

また何か余計なことをしに来たのか、と言わんばかりに。

「ルキウス。ここはとにかく俺達に任せてくれ。お前はまだ本部でやれることがあるだろう？」

「今から他のことをしたところで何になる！　『鉱山のダンジョン』をとれなければどうにもならないんだぞ。分かっているのか？」

「……ああ。分かっているよ。分かっているから。さ、お前は自分の仕事に戻れ」

「頼むぞ。本当にお前にかかっているんだぞ！」

　アリクは痛ましい思いでルキウスを見た。

（全く。見てられないな。あれほど強気だった奴がここまでになるとは。自分で自分の運命を決められないことがあれほど人間を弱らせるとは）

　アリク達がダンジョン侵入の準備を整える頃、ロラン達も急いで準備に取り掛かっていた。

「さぁ。みんな、班毎に装備やアイテムの最終チェックを完了させてくれ。何か不備があればすぐに班長に知らせるように」

「ロランさーん」

「ランジュ！」

　ロランが呼ばれた方向を振り向くと、ランジュ達『精霊の工廠』のメンバーが重そうなケースを荷車に積んでやって来た。

「ロランさん。注文されていた新装備の方、準備完了しました」

「来たか！　よし。モニカ、シャクマ、ユフィネ、リック、レリオ、マリナ。装備を外してこっちに来てくれ。新しい装備が来たんだ」

　ロランがそう言うと、６人が集まってくる。

「ここにきて慣れ親しんだ装備から新装備に変更するのですか？」

リックが怪訝な顔つきで言った。

「実戦を前にしていきなり装備を変えては問題が出た時に困るのでは？」

「問題が出るかどうか、それをこれから試すのさ。さあ、ランジュ。みんなに装備を渡して」

「はい。こちらになります」

ランジュはケースを下ろすよう指示して、モニカ達の前にそれぞれ置く。

そうしてまずはリックのケースを開けて鎧を取り出す。

スタッフが手伝って、リックに鎧を着せる。

「これは鉄に巨大な鬼の皮を重ねた鎧です。装甲が厚くなっているので、今までより格段に防御力が高くなっています」

「これは……」

（重さや感触は今まで着けていた鎧とあまり変わらないな。いや、それどころか……動きやすい？）

鎧を身に着けて、手足を動かしているうちに、今まで疑念を持っていたリックの表情がみるみるうちに変わっていく。

「ん。ステータスは下がっていないようだね」

ロランが『ステータス鑑定』しながら言った。

「隊長。これは本当に今までよりも装甲が厚くなっているのですか？　重くなるどころか、むしろ今までより動きやすくなっているのですが……」

「ああ間違いないよ。さ、チアル説明してあげて」

「はい！」

ロランが促すとチアルがリックの前に出てくる。

「その鎧は鉄製の鎧に巨大な鬼の皮を重ねることで防御力が上がっただけでなく、従来の鎧に比べ耐久性も著しく向上していますよ。リックさん、これを」

チアルがポケットの中から油注しを取り出してリックに渡した。

「これは？」

「『鎧トカゲ』の体皮から取れる油です。『鎧トカゲ』の油は刃を滑らせる効果がありますが、戦っているうちに乾いてしまうので、こまめにこれを塗ってメンテナンスしてください。それとこの剣を……」

リックの受け取った剣は、柄の底に宝石が付いていた。

「その宝石は『召喚魔法を使う狐』が持っていた宝玉を嵌め込んだものです。剣を逆手に持てば、杖になって、支援魔法と回復魔法が使えます」

「リック。君は前衛・後衛両方を担当できる魔導騎士の資質を持っている。その剣なら前衛と後衛の役割をシームレスにこなせるはずだ。期待してるよ」

「は。一所懸命頑張らせていただきます」

レリオは受け取った弓矢を構えてみる。

「どうですか、構えた感触は？」

ランジュがレリオに尋ねた。

「うん。悪くないと思います」

（軽い。しかもよくしなる。木の弓よりも軽くてよくしなるなんて。この弓は一体……）

「その弓は『嵐を纏う怪鳥（ストームバード）』の翼の骨を材料にしています」

「『嵐を纏う怪鳥（ストームバード）』の!? なるほど。それでこんなに軽い上、しなるのか」

「レリオさんは正統派の弓使い（アーチャー）だと聞いたので、攻撃力よりも敏捷性（びんしょうせい）を重視した設計にしています。その弓なら手ブレが少なく、踏ん張る必要がないので、走りながらでも射（う）てるはずです」

「走りながら！ それは凄いな」

「『ステータス鑑定』を発動しながら戦えるように視野も広く取れるようになっています」

「レリオ。構えながら『ステータス鑑定』してみて」

ロランが言った。

「はい。……なるほど。弓がステータス表示の邪魔にならないようになっていますね。よくできている」

「よかった」

「ただ、走りながらの射撃は実戦で試してみないと分からないな」

「よし、それじゃ、後は実戦で試してみよう」

マリナには先っぽに袋のついた杖が渡された。

「これは？　ただの攻撃魔法用の杖ではありませんね」

「その袋には『吹雪を吐くカバ（ブリザード・ヒポポタマス）』の胃袋を使っています」

「『吹雪を吐くカバ（ブリザード・ヒポポタマス）』の？」

「ええ、『吹雪を吐くカバ（ブリザード・ヒポポタマス）』の胃袋は『アイテム保有』の袋の材料としても使われています。なのでその袋には『アイテム保有』にも使うことができます」

「『アイテム保有』に……」

マリナは杖の先の袋をまじまじと見つめた。

「その杖は攻撃魔法を使えるだけでなく、保有しているアイテムや装備を転送できる杖なのです」

「なるほどー。これは確かに便利そうですね」

「その杖で攻撃魔法を放てば、放った場所にアイテムが転送される仕組みになっています」

モニカ、シャクマ、ユフィネの武器についてもそれぞれグレードアップされていた。

「モニカさん、今回は弓だけではなく矢の方も強化しておきました」

「矢の方も？」

「はい。従来の矢に加えて、『串刺（くしざし）』という特製の矢を用意しています。今までよりも重量、硬度、鋭さ全て向上させて著しく攻撃力を向上させています。これなら『巨大な鬼（オーガ）』も一撃で倒せるはずです」

「そっか。ありがとうチアルちゃん。きっと『巨大な鬼（オーガ）』を倒してくるね」

「はい。特製の矢『串刺』の方はマリナさんの杖袋の中に収められていますので、使用する際はマリナさんに出してもらってください」

「私の鎧は？　特に何も変わっていないようですが……？」

シャクマが新しい鎧を着ながら不審げに言った。

「シャクマ。君の鎧は君の意思次第で重くなるようにしている」

「私の意思次第で？」

「そうだ。首元にあるスイッチ。そこにあるスイッチを押すと、重くなるようになっている」

「ふむ。確かに」

「聞いたよ。前回のボス戦では自分で突撃衝動を抑えられたそうだね」

「ええ。そうなんですよ」

「だから今回は君の判断に委ねることにする。君がヤバイと思ったら、自分で首元のスイッチを押すんだ」

「はい。分かりました」

「ユフィネ。君の杖は魔力を節約する機能を持っている」

「魔力を節約？」

「そう。『広範囲回復魔法』がAになって、命中率を上げる必要がなくなったからね。今の君に必要なのは、命中率よりも回復魔法を撃つ回数だ」

「なるほど。確かに」

「その杖を身につければ、魔力の消費を節約できるはずだ。君は今まで通り回復役に徹してくれ」

「はい」

　モニカはロランが各隊員に武器を手渡しているのを見ながら、ここ数日の彼の行動について思い出していた。

　彼女はダンジョン経営にいそしむかたわら、『鷹の目（ホークアイ）』でロランの行動をちょくちょく追っていた。

　そのためここ数日、ロランがジルを『精霊の工廠（せいれいのこうしょう）』に招いたり、鍛錬したりしているのも見ていたのだ。

（どうしてロランさんが『金色の鷹』所属のジルさんの鍛錬を……。それに2人の様子、単なる師弟関係には見えなかった。やっぱり2人は……。でもそれじゃあロランさん、リアンヌさんのことは……？）

モニカは急いで邪念を振り払った。

（いけない、いけない。こんなこと考えてステータスを乱しているようじゃまたロランさんに怒られるわ。私は自分の仕事に集中しなきゃ）

モニカはあらためて気を引き締めて、自分のアイテムや武器のメンテナンスに集中するのであった。

（ロランさんのことだから、きっと何か事情があるんだよ。うん、そうに違いない。私は信じていますよ、ロランさん）

「では、ギルドの皆さんは、あらかじめ決められた通り、順番にダンジョンに入って行ってくださーい」

クエスト受付所の人間が、ダンジョンの前でひしめき合う冒険者達を案内した。

一番初めに入れるのは、前回ダンジョンを攻略したギルドからだった。

その後は規模に応じてダンジョンの中に入っていく。

そういうわけで、最初は『魔法樹の守人』が、次に『金色の鷹』がという具合に順次ダンジョンに入っていった。

こうして戦いの火蓋が切られる。

ダンジョンに入るとすぐに『屍肉喰い』の群れが現れる。

「モニカ。新しい武器を試してみよう」

「はい」

部隊の一番前にいたモニカは足を止めて、弓を構える。

矢はつがえない。

「マリナ。モニカに『串刺』を転送して」

「はい！」

ロランがマリナに話しかけると、マリナはモニカの手元に杖を向けた。

モニカの手に特製の矢『串刺』が現れて、銀製の弓に不釣り合いなほど長い矢がつがえられる。

これがモニカの新しい装備、『銀製鉄破弓・串刺』だった。

『銀製鉄破弓』の弓部分の強化に限界を感じたチアルは、弓ではなく矢の方を強化することを思い付いた。矢の持ち運びが不便なことがネックだったが、それについてはマリナのスキル『装備保有』で運用することで補われた。

槍のように長く重くなった矢は、『銀製鉄破弓』の張力とモニカの腕力によって高速で発射され、屈強な肉体や硬い防具をも貫いて、敵を殺傷できる。

マリナの『装備保有』はダンジョン経営時に鍛えられたため、Aにまで向上しており、装備を100個まで魔法の袋の中に入れておくことができた。

腕力90－100となったモニカは、その重く長い矢を、軽々と弓につがえて引き絞り、放った。

放たれた槍のような矢は、先頭を走る『屍肉喰い』の胸元を抉るばかりでなく、貫通してその後ろに控える3体の『屍肉喰い』の肉体をも薙ぎ払った。

「次！」

モニカがそう言うと、マリナが再びモニカの手に『串刺』を発生させる。

モニカは次々と矢を放って『屍肉喰い』を縦に貫き、殲滅していく。

瞬く間に1人で12体の『屍肉喰い』を全滅させてしまった。

（これが『銀製鉄破弓・串刺』の威力。凄い……）

（とりあえずテストの第一段階は成功ってとこか）

モニカの射撃を見て、ロランはひとまずそう評価した。

（後はより強力な敵、10階層以降の『巨大な鬼』や『土人形』を一撃で倒せるかどうか。それさえできれば、弓使いで初めての撃破数1位も狙える！）

「よし。『串刺』のテストは終わりだ。ここからは行軍速度を優先しよう。敵を全滅させる必要はない。ある程度敵を蹴散らしたら無視して行く」

ロランの部隊は次に現れた『屍肉喰い(グール)』と『小鬼(ゴブリン)』の群れに対して、モニカの矢で風穴を開けた後、そこから突破し、敵を蹴散らして前に進んだ。

モンスター達は後ろから飛び道具で追撃してくるが、ロランの部隊は設立当初とは比較にならないほど防御力が上がっていたので、『屍肉喰い(グール)』や『小鬼(ゴブリン)』くらいの敵なら、たとえ背後から攻撃されても問題にならなかった。

こうしてロラン達は尋常ではない速さでダンジョンを踏破していく。

ロランは戦闘で敵を突破する度に、シャクマの方をチラリと見る。

(かなり激しく進撃しているけど、今のところ興奮して我を失う様子はないな)

ロランの方から見たシャクマの横顔は至って平静だった。

(ダンジョン攻略を経験して、精神的にタフになったということか。頼もしい限りだな)

「見つけました！　転移魔法陣です」

モニカが『鷹の目(ホークアイ)』で魔法陣を見つけたことをロランに告げる。

「よし。急行するぞ」

ロラン達が魔法陣の側(そば)に来ると、すぐに後ろからアリクの部隊がやってきた。

「アリク隊!?　もう来たの？」

ユフィネが驚きに目を見開く。

（こっちはモニカの『鷹の目』で最短距離を辿ってきたっていうのにっ）

そればかりかアリクの部隊は心なし、ロラン達の部隊よりも消耗が少なかった。

（流石はアリクの部隊だな。この街で最も経験値の高い部隊なだけはある）

ロランは改めてアリク隊の練度の高さに感心した。

「魔法陣を潜るぞ。急げ！」

ロラン達は魔法陣を潜るとすぐにまた走り出した。

アリク隊も間髪を容れずに魔法陣に潜り込んで、ロラン達を追走する。

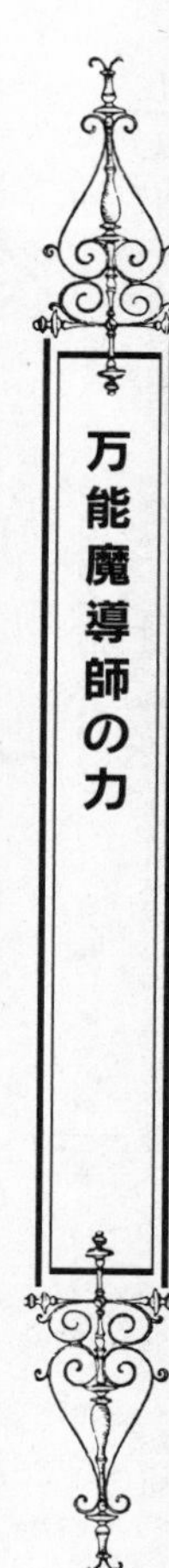

万能魔導師の力

2つの部隊がダンジョンに入ってから48時間が経過していた。

5階層に辿り着いたロラン達は、帰還の魔法陣をパスして、そのまま6階層へと向かった。

しかし、アリクの部隊もすぐ様追いかけてくる。

ここまでロランの部隊はずっと先頭を守っていたが、アリクの部隊は必ずその後ろにピタリとつけて、魔法陣を潜ってきた。

（くっ。これが先頭部隊のプレッシャー）

モニカは想像以上の重圧に唇を噛みしめた。

セバスタに追いかけられていた時よりも重く長い時間、ゆっくりと神経がすり減らされていく。そんな感覚だった。

「アリクの部隊、全然消耗していませんね」

ユフィネがロランの側に寄って耳打ちした。

「僕達が先頭だからね。そりゃ後からやってくるアリク達の方がモンスターとの遭遇率も低くなるよ」

「それにしても武器に全く損耗が見えませんよ」

「それだけアリクの部隊運用が巧みだということさ」

（にしてもこのまま追いかけられるのはキツイわね。どこかで一旦休憩したい）

ユフィネはついつい心の中で弱音を吐いてしまうのであった。


焦りと苛立ちを募らせているのはアリクの部隊もまた同じだった。

「あいつらなかなかトップを引き渡しませんね」

アリクの副官がこぼした。

「こっちは全速力で走ってるっていうのに！」

「落ち着け。まだ5階層が終わったばかりだ」

アリクがたしなめるように言った。

「ここ6階層からは厄介なモンスターが現れる。単純な力押しだけでは高速移動できなくなってくる」

（そうなれば部隊運用の面で差が出てくるはずだ）

6階層には聖域まで2つの道があった。どちらも同じ長さの一本道だった。

（一本道か。となれば、『鷹の目』の優位は消えるな）

モニカからの報告を聞いてロランはそう判断する。

「ロランさん。分かれ道です。どちらに行きますか？」

道は右と左の２つに分かれていた。

「よし。ここは左に行こう」

ロラン達は左の道に駆け込む。

アリク達は右の道を選択した。

「向こうは私達と違う道を選びましたね」

ユフィネがロランに耳打ちする。

「この階層で仕掛けてくるつもりだ」

（流石はアリクだな。勝負所を心得ている）

ダンジョンを進んでいると、モニカの『鷹の目（ホークアイ）』が敵影を捕捉した。

「敵影です。『槍を持った骸骨（スケルトン・ランス）』30体と『ヴァンパイア』５体！」

（流石にここからは消耗を避けるには支援魔法が必要だな）

「シャクマ。聞いたかい？」

ロランが側のシャクマに尋ねた。

「はい。攻撃魔導師前へ！」

シャクマはロランに言われる前に指示を出した。

現在、ロラン達（たち）はダンジョンの道を高速移動できる2列縦隊で移動していたが、列の前にいる戦士（ウォーリアー）が引っ込んで、後ろにいた攻撃魔導師が最前列に出てくる。

（よし。シャクマの奴（やつ）。分かってるな。スケルトンは攻撃魔法に弱い！　本来、攻撃魔導師は後ろで控えてるものだけど、スケルトンの場合は攻撃魔導師が前だ）

道の先に『槍を持った骸骨（スケルトン・ランス）』が槍を持って待ち構えていた。

彼らは15列の横隊となって綺麗（きれい）に陣形を組んでいる。

「弓隊は最後尾に。『ヴァンパイア』への対応をお願いします。行きますよ！　『攻撃付与』！」

シャクマが唱えると攻撃魔導師達が赤色の光に包まれる。

「食らえ『爆炎魔法』！」

「『爆風魔法』！」

モニカも『串刺』を放った。

通常よりも破壊力を増した攻撃魔法は、中央5列分にいる『槍を持った骸骨（スケルトン・ランス）』を吹っ飛ばす。

攻撃魔法を受けた骸骨は空中に四散して、バラバラになる。

ロラン達は開いた陣形の穴を駆け抜けて、そのまま『槍を持った骸骨（スケルトン・ランス）』の部隊をパスしていく。

『槍を持った骸骨(スケルトン・ランス)』達は慌てて陣形の穴を補おうとするが、いかんせん動きが緩慢だった。

『槍を持った骸骨(スケルトン・ランス)』は白兵戦に強いが、俊敏(アジリティ)は低く、小まめな陣形の変更には時間がかかった。レリオ達弓隊は飛んでくる『ヴァンパイア』に対応する（『ヴァンパイア』は飛行ユニットである）。

（さっきからモニカさんが1人で敵をガンガン倒してるんだ。対空射撃くらい、僕達でやらなくちゃ）

レリオは矢を放って、襲い来る『ヴァンパイア』の1体を撃ち落とした。

「また敵影です。今度は『等身大の土人形(ミニ・ゴーレム)』20体！」

「シャクマ！」

「はい。今度は盾隊、前に出てください！」

道の先には『等身大の土人形(ミニ・ゴーレム)』が10列に並んで道を塞いでいた。

『等身大の土人形(ミニ・ゴーレム)』はロラン達を見るや否や、一糸乱れぬ動きで真(ま)っ直(す)ぐに突っ込んでくる。

『等身大の土人形(ミニ・ゴーレム)』は頭部のコアを破壊すれば倒せるが、一度動き出せばコアが破壊されても、動き続ける性質を持っていた。

そのため攻撃魔導師で倒してもそのまま相打ちになるおそれがあった。

「いきますよ。『防御付与』！」

盾隊が青い光に包まれる。

『等身大の土人形（ミニ・ゴーレム）』の突進を受け止めてどかせる。

（よし。ここも無傷でパスできそうだな）

「冴（さ）えてるじゃないかシャクマ」

「はい。いい感じです」

シャクマは魔力の回復薬を飲みながら言った。

ロランはシャクマの『ステータス鑑定』をしてみる。

魔力：90－100

（ステータスに乱れはない。以前の戦闘が始まると取り乱す癖もなくなった。本当に成長したんだな）

「よし。このまま頼むよ」

「はい。任せてください」

その後も何度か、『屍肉喰い（グール）』、『小鬼（ゴブリン）』、『大鬼（オーク）』、『弓矢を装備した死体（ゾンビ・アーチャー）』、『槍を持った骸骨（スケルトン・ランス）』、『等身大の土人形（ミニ・ゴーレム）』などの混成部隊に出くわしたが、シャクマの指揮と支援魔法により、最小限の消耗で行軍スピードを落とすことなく、突破していった。

(今のところ、シャクマの支援魔法のおかげでほとんど止まらずに進めている。これならいくらアリクの部隊といえども私達よりも先を行くことはできないはず……よね？)

ユフィネはそう自分に言い聞かせながらダンジョンを進んで行く。

しばらくするとロラン達は、周囲を一望できる高地に出た。

少し低い場所に、ダンジョンを進むもう1つの道があり、そこに行進中のアリク隊が見えた。

「あれは……アリク隊!?」

モニカが驚愕(きょうがく)して言った。

「ウソ。並ばれてるじゃないの」

ユフィネもショックを受けたように言った。

「どうして？　私達はここまで減速せず全速力で走ってきたのに……」

「我々とアリク隊の行軍速度に差はないはず。なのにアリクの方が速く進んでいる。なぜ？」

シャクマも納得がいかないといった様子で言った。

(いよいよ。本領発揮ってとこか)

ロランは横目でアリクの方を見る。

「みんなポーションはまだいいね？　このまま突っ切るよ」

アリクもロラン達の姿を認めていた。

（ようやく並べたか。追い抜くまであと少しといったところだな）

2つの道はやがて別々の方向に折れ曲がり、互いの部隊の姿はまた見えなくなった。

ロラン達は坑道に突入していた。

ここでは『帽子をかぶった幽霊（ゴースト・ハット）』が冒険者達の行く手を阻む。

『帽子をかぶった幽霊（ゴースト・ハット）』は直接肉体への攻撃はしてこなかったが、魂に直接攻撃してくる。

通常の体力（スタミナ）同様、回復することはできるが、鎧兜（よろいかぶと）で攻撃を防ぐことはできず、どこからともなく突然現れて攻撃してくるので、回避することもできなかった。

つまり、回復魔法が絶対に必要な場所だった。

「私の出番というわけね」

ユフィネが新しい杖（つえ）を握り締めながら言った。

「みんな、ダメージを食らったらすぐに手を上げて大声で叫ぶんだ。躊躇（ためら）ってはいけないよ。ユフィネに回復を頼むんだ」

すぐに戦士（ウォーリアー）の1人が叫び声を上げる。

「ひっ、ウヒャア。助けてくれ」

「『単体回復魔法』！」

　ユフィネが杖を向けると、戦士（ウォーリアー）の足下に魔法陣が移動する。

　彼はすぐに血色が良くなって回復する。

『帽子をかぶった幽霊（ゴースト・ハット）』には攻撃魔法を食らわせて追い払う（ゴースト系は剣や弓では倒せず、魔法しか効かない）。

　しかし、また誰かが叫び声を上げた。

「今度はこっちだ！　回復を」

「俺も助けてくれ」

　そのうちあちこちで悲鳴が上がった。

「ユフィネ。例の機能を」

「はい。『広範囲回復魔法』！」

　ユフィネが呪文を唱えると、30の魔法陣が行軍隊形の形をとって展開した。

　つまり、冒険者達の足下に偏りなく行き渡った。

（なるほど。この杖なら初めに魔法陣が現れる場所を固定できるのか）

　ユフィネは回復魔法陣を見て、新しい杖の効果を実感する。

（確かにこれなら部隊で円形陣を作れば、微調整するだけで部隊全体を回復できる。魔力の節約にもなるってわけね）

　一行はユフィネの回復魔法の加護の下、ゴーストの巣を進んで行った。

突然、マリナが地面にへたり込む。

「マリナ!? どうしたんだ?」

ロランがマリナの下に駆け寄った。

「ふえぇーん。足痛いです。こんな暗くてジメジメしたところもう歩けませーん」

「あんた、冒険者でしょーが！ こんくらいでヘタってんじゃないわよ」

例によってユフィネがマリナを杖で小突いた。

しかし、マリナはその場にうずくまって動こうとしない。

「もう疲れましたぁ。私はずっとモニカさんの『串刺』を出し続けていますし限界です。一旦休みましょう」

「んなこと言ってる場合じゃないっつーの。アリクの部隊が私達に追いついてるの見たでしょ？ このままじゃ抜かされんのよ。スピードアップしないと！」

「そんなこと言われてもぉ」

「しかたがない。僕がおぶって進もう（さっきからステータスのチェック以外何もしてないし）」

「えっ？ 隊長、おぶってくれるんですか？ やったぁ」

マリナがこれ幸いとばかりにロランの背中に飛び乗る。

ユフィネはそれを苦々しく見つめる。

（くっ。こいつ新人のくせにちゃっかり楽しやがって。しかも隊長におぶってもらうとか。……後でしごきね）

ロランはマリナのステータスをチェックした。

（体力が尽きているってわけではないようだな。ただ単に駄々こねただけか）

ロランはとりあえずホッとした。

次いで、視線をリックとレリオに移す。

（マリナは『串刺』の運用に関わっているからいいとして、リックは未だ討伐数ゼロ、レリオも『ヴァンパイア・ベビー』1体のみ……か）

ロランはリックやレリオのステータスもチェックしてみる。

すると、ステータスに若干の乱調が見られた。

（3人共、初めてのダンジョン探索ということを考えれば、よく付いて来ている。けれどもまだ動きが硬い。流石に攻略経験済みのメンバーに比べると、まだメンタルは不安定か）

ロランは3人の不調をそう分析した。

リックは行軍しながら焦りを覚えていた。

（くっ、俺だけまだモンスターを1体も倒していない。マリナは『串刺』を運用しているし、レリオも『ヴァンパイア・ベビー』を1体仕留めている。そろそろ俺も何らかの成果

を示さなければ。ロランさんからの心象が悪くなってしまうぞ）

「出口だ！」

隊員の1人が叫んだ。

すぐにロランの視界にも青い空が飛び込んでくる。

こうして坑道を抜け、ゴーストの巣を無事にクリアしたロラン達は、再び開けた場所に出た。

するとまた眼下にもう1つの道とアリク隊の姿が見える。

アリク達はロラン達よりもはるか先を進んでいた。

「なっ、抜かされた？」

モニカが目を丸くする。

「そんな……。こっちだって全速力で進んでいるのに……。どうして？」

ユフィネも釈然としない顔で呟く。

この階層はアリク達の方が先に転移魔法陣に辿り着く。

7階層でロラン達は初めて追われる立場から追う立場になった。

しかし、そのおかげでアリクの戦い方をじっくりと見ることができた。

ロラン達はモンスターの種類やダンジョンの種類によって細かく陣形を変えていたが、アリク達は常に同じ隊形で進んでいた。

先頭は常にアリクが務めて、『スケルトン』や『屍肉喰い（グール）』が来ればアリクが攻撃魔法を放ち、『等身大の土人形（ミニ・ゴーレム）』が来ればアリクが支援魔法で切り抜ける。

ゴーストが来てもアリクが回復魔法で部隊の最後尾までカバーする。

そうして隊列を変える時間的ロスを避けて進んだため、ロラン達よりもはるかに速く進むことができた。

「信じられない。あの人、1人で攻撃から支援、回復まで全て務めてるっていうの？」

ユフィネが驚嘆したように言った。

「ぐぬぬ。これが万能魔導師アリクの力というわけですか……」

シャクマがうなるように言った。

「ロランさん、どうすれば……」

モニカが泣きそうな顔で聞いてくる。

「みんな落ち着くんだ。まだ先は長い。アリクだって先頭のプレッシャーは感じているはず。それにアリクといえどもこのまま全ての魔法を1人で担当していれば、いずれは魔力を消耗していく。チャンスは必ず来る」

アリクの部隊がダンジョンを進んでいると、大地を揺るがすような地響きが聞こえてきた。

「この地響き……まさか!?」

アリクの副官が驚いたように言った。

地響きの方向を見れば、ロラン達の進む道の先に5体の『塔のような土人形（タワー・ゴーレム）』が待ち構えていた。

「なっ、まだ10階層にも達していないっていうのにいきなり『塔のような土人形（タワー・ゴーレム）』かよ」

（チャンスだ！）

部下達が慌てふためくのをよそにアリクはほくそ笑んだ。

（いくらロランの部隊といえども、『塔のような土人形（タワー・ゴーレム）』を前にすれば行軍隊形をやめて部隊を展開せざるを得まい。そうなれば時間をかけてじっくり戦うことになり、ますます時間をロスするはず。上手（うま）くやればここで一気に引き離すことができるぞ）

「みんな、慌てることはない。むしろこれはチャンスだ。この機会に相手を引き離して……」

「アリク隊長……あれを、ロランの部隊が……」

「なにっ!?」

ロラン達は通常の行軍隊形、2列縦隊のまま、『塔のような土人形（タワー・ゴーレム）』に突っ込んでいた。

（バカな。部隊を展開させずに『塔のような土人形（タワー・ゴーレム）』に突っ込むだと？　自殺行為だぞ。ロランの奴（やつ）、トチ狂ったのか？）

ロランの部隊から1人の鎧を着た戦士（ウォーリアー）が飛び出した。

リックだった。

リックは『塔のような土人形（タワー・ゴーレム）』の胴体に両手を当てて食い止めるだけでなく、押し戻した。

「おおおおおおおっ！」

『塔のような土人形（タワー・ゴーレム）』はリックをその大きな掌（てのひら）で掴（つか）もうとしたが、指が滑って掴むことができなかった。

（なるほど。これが『鎧トカゲ』の油の効果か）

リックはひた押しに押し続けた。

ついに『塔のような土人形（タワー・ゴーレム）』は足がつっかえて倒れてしまう。

1体の『塔のような土人形（タワー・ゴーレム）』が倒れることによって、敵の隊列に隙間ができた。

ロラン達はすかさずそこを通り抜けて『塔のような土人形（タワー・ゴーレム）』をパスし、再びアリク達を追い抜いて先頭に躍り出た。

指揮と権限

「ほえぇ。凄いですねぇ。リック」

マリナはロランの背中に乗りながら、リックが『塔のような土人形』を押し返すのを見てため息をついていた。

「ああ。ようやく本領発揮ってところか」

ロランも満足そうに言いながらリックのステータスを『鑑定』する。

【リック・ダイアーのステータス】
腕力：80－90

(ステータスの乱れが無くなっている。やはりリックはこういう注目される場面でむしろ力を発揮するタイプなんだな)

「どうですかロランさん。『塔のような土人形』を倒しましたよ」

リックが得意げにロランの方に手を振ってアピールする。

ロランも親指を上げて返した。

「よし。みんなリックの奮闘を無駄にするな！　今のうちに突破するぞ」

ロラン達はリックがこじ開けた戦列の隙間を進んでいった。

残った『塔のような土人形(タワー・ゴーレム)』は、急いでロラン達を食い止めようと体の向きを変えるが、その動きは鈍かった。

腕力(パワー)、耐久力(タフネス)、体力(スタミナ)の高い『塔のような土人形(タワー・ゴーレム)』だったが、俊敏(アジリティ)だけは極端に低かった。

しかし、それでも1体だけロランの最後尾に一撃を食らわせようと腕を振り下ろしてくる。

ロラン達を巨大な影が覆う。

その長いリーチはとてもかわし切れるものではなかった。

（くっ、流石にノーダメージで切り抜けるのは無理か）

ロランがそう覚悟すると、またもやリックが最後尾に躍り出て、『塔のような土人形(タワー・ゴーレム)』の攻撃を受け止める。

「リック!?」

「大丈夫です。ロランさん。ここは俺が食い止めるので、今のうちに進んでください！」

リックは自身に回復魔法をかけて削られた体力(スタミナ)を回復する。

「ちょっと、大丈夫ですか？　『塔のような土人形(タワー・ゴーレム)』と1人で連戦なんて……」

シャクマが顔を青ざめさせながら言った。

「……大丈夫だ。ここはリックに任せて進もう」

ロランは再びリックのステータスを『鑑定』する。

【リック・ダイアーのステータス】
腕力：80－90
耐久力：70－80

（腕力は全く消耗していない。リックは耐久力も高いのが強みだな。多少のダメージを受けたとしてもステータスを削られることがない）

耐久力はステータスの中でも特殊な項目だ。

基本的にステータスは酷使しすぎたり、ダメージを受けたりすれば消耗してしまうが、耐久力が高ければ、その消耗を抑えることができた。

リックはロラン達が『塔のような土人形』のリーチから逃れたところで、自身に『俊敏付与』をかけて離脱した。

アリク達は『塔のような土人形』を腕力で動かした新人冒険者を見てざわついていた。

「なんだあいつは!?」

「『塔のような土人形（タワー・ゴーレム）』を押し倒したぞ」

アリクも難しい顔をする。

（新人にしてあの腕力（パワー）と耐久力（タフネス）。やがてはセバスタ並みになるだろうな。いや、それだけじゃない。『俊敏付与（アジリティ）』と『回復魔法』まであった。ユーティリティではジル以上。将来的には魔導騎士の器か……。ロランの奴、ダンジョン経営しながら、あんな奴を発掘していたのか）

「隊長！　我々の前方にも『塔のような土人形（タワー・ゴーレム）』が……」

「チィ……」

アリクはロラン達の方を見るのをやめて自分の相手の方に向き直った。

（こっちには、『塔のような土人形（タワー・ゴーレム）』を退かせる腕力（パワー）の持ち主なんていない）

「やむを得ん。部隊を展開させるんだ。盾隊は前へ。弓隊は対空射撃。魔導師は後衛の位置につけ！」

アリク達は2列縦隊から前衛と後衛に分かれる戦闘隊形へと移り、部隊を展開した。

『塔のような土人形（タワー・ゴーレム）』が突っ込んできて、白兵戦部隊とぶつかる。

戦士（ウォーリアー）が2人がかりでようやく1体の『塔のような土人形（タワー・ゴーレム）』を抑え込み、攻撃魔導師と支援魔導師が援護する。

アリク達が部隊を展開させて、じっくりと戦っている間にロラン達は行軍隊形のまま、先へと進んだ。

アリク達がようやく『塔のような土人形』を片付けた頃には、ロランの部隊とアリクの部隊の間には1キロメートル近い差ができてしまう。

ロランとアリクが5階層を突破した頃、クエスト受付所の掲示板の前には、冒険者達が詰めかけていた。

掲示板には、ダンジョンに潜る冒険者達のうちトップを走る者の現在位置が示されていた。

受付所の係の者が掲示板の内容を更新する。

「えー。冒険者の皆さん。ロラン隊とアリク隊が『鉱山のダンジョン』5階層を突破しました。というわけで、5階層までのクエストが発表されます」

「早ぇ！」

「もう5階層かよ！」

「まだ2日くらいしか経ってないぜ」

冒険者達はロランとアリクのハイスピードな攻略ペースに騒つく。

冒険者達に交じって掲示板を見ていたディアンナは苦々しい表情になる。

（今のところロランとアリクはほとんど互角のようね。どうにかアリクが勝てばいいんだけど……)

ディアンナがふと側(そば)を見ると見覚えのある顔があった。

「あら？　あなたは……クラリア？」

「えっ？　ディアンナさん!?」

ディアンナはクラリアを見つけて意外そうな顔をした。

2人の間に何となく緊張した空気が漂う。

ディアンナは常々クラリアから自分と同じ匂いを感じており、意識していた。

「どうしたの？　確かあなたはクエスト受付所をクビになったって聞いたけど……」

「いやぁ。実はあの後、ロランさんに雇っていただきまして。今は、ロランさんの秘書をやらせていただいてます」

「へぇ。そう……それはよかったわね」

ディアンナはクラリアの服装を見た。

彼女は小ざっぱりとした趣味のいい服を着ていた。

派手さはないが、素材とデザインは凝っていて、それなりに値の張る品物に違いなかった。

「ずいぶん、いい服を着ているじゃない」

「ロランさんに買っていただいたんですよ。ちゃんとしたものを着るようにって」

クラリアは満面の笑みで言った。

「そう……」

（要するにロランの愛人になったというわけね）

ディアンナはそう断定した。

そしてそれだけでマウントを取られたような気分になる。

下降気味のルキウスと上り調子のロランで、今となっては立場が逆になってしまったのだから。

（本当にこの子ったら、ちょっと前までは私達の味方だったのに。上手いこと乗り換えたというわけね）

「あ、そろそろ行かなくっちゃ。結構大変なんですよロランさんの秘書するの。『精霊の工廠』と『魔法樹の守人』はもちろん、色んな錬金術ギルドを行き来しなくちゃいけなくって」

「へぇー。そう」

ディアンナは頬を引きつらせた。

（その錬金術ギルドだって元々は私達の味方だったのに……）

ディアンナにはもはやクラリアの発言全てが自分へのマウントに聞こえた。

「では、失礼します。『金色の鷹』、これから大変かもしれませんが、頑張ってくださいね」

クラリアはぺこりとお辞儀をして、立ち去って行く。

ディアンナは腸が煮え繰り返りそうな気分で彼女の後ろ姿を見送るのであった。

7階層に辿り着いたロラン達は街中を駆け抜けていた。

「敵影です。『等身大の土人形』10体、『弓矢を装備した死体』10体、『ヴァンパイア』10体！」

モニカが言った。

その瞬間、レリオが走り出す。

「『弓矢を装備した死体』か。射撃戦になるね」

ロランが言った。

「はい。だから弓隊はあの建物を……、えっ!?」

モニカは、レリオがすでに自分の指示しようとした建物の方に走っているのを見て目を丸くした。

（私やロランさんが指示を出す前に走り出してる。足も速ければ判断も早い。これが正統派弓使い……）

「よし弓使いはレリオに続け。2班は弓隊の援護」

ロランが指示を出す。

「モニカ。君は『串刺』で敵戦力の削減だよ。俊敏(アジリティ)で勝負する必要はない」

「は、はい」

モニカは慌てて射撃準備に入った。

（ようやくレリオもエンジンがかかってきたか。リックの活躍に刺激されたかな？）

ロラン達は弓隊の活躍もあって、その場を切り抜け、8階層へと到達した。

「ここは……」

魔法陣をくぐり抜けたロラン達は、1つの広い部屋の中にいた。

部屋には2つの扉があり、そこ以外に出口はない。

2つの扉にはいずれも15と刻印されていた。

（15人しか入れないってことか）

「よし。部隊を2つに分けるよ」

ロランはどちらかに戦力と役割が偏らないようバランスを考えて部隊を二分した。

一隊にはモニカ、シャクマ、ユフィネ、レリオを入れておいた。

もう一隊にはモニカ、マリナ、リックを。

ロラン自身はモニカの部隊に入ることにした。

（モニカの『串刺』はマリナがいないと発動できないから絶対にセットだ。モニカは上官が側にいた方が力を発揮するタイプだから僕が入る。となれば、もう一隊の方には、僕の代わりに指揮官が必要だ。指揮能力の高いシャクマとレリオを配置して、後はユフィネとリックだけど、マリナはスキル『薬剤保有（ポーション）』があるから、実質回復役も務まる。よってユフィネを別働隊に、リックをこちら側に入れる。こんなところかな）

「よし。それじゃ、別働隊の隊長はユフィネとする。マリナ」

「はい」

「ユフィネの部隊に魔力回復薬（マジックポーション）（マジックチェリーで作ったもの。魔力を回復することができる）を支給して」

「分かりました」

「シャクマ、レリオ！」

「はい」

「指揮能力の高い君達が別働隊の指揮を務めるんだ」

「はい」

　レリオは少し緊張しながら言った。

「大丈夫だよ。君の指揮能力なら十分副官の役割は務められる。頼りにしているよ。ユフィネ！」

「はい」

「僕が以前言ったこと、よく思い出して。分かってるね？　隊長の役割」

「………はい」

ユフィネは少し不満そうな顔を見せつつも承諾した。

「隊長。アイテムの配分終わりました！」

マリナが報告してくる。

「よし。それじゃみんな。これから部隊を2つに分けての別行動だ。なるべく同じタイミングでゴールに着かなければならない。どちらか一方だけ辿り着いても、どちらか一方が辿り着けないようじゃ意味が無いんだ。頼んだよ」

2つに分かれた部隊はそれぞれ扉をくぐった。

別働隊を率いるユフィネはロランの言葉を思い出していた。

2つの部隊が全員くぐり終えると、扉は消え彼らは完全に分断される。

（ロランさんったらあんなこと言って！）

それはダンジョンに入る前、ユフィネだけ呼び出されて言われたことだった。

「君に指揮官の適性はない」

ユフィネはロランの言葉にムッとした。

「そんなの、やってみなければ分からないじゃないですか」

「いや、分かるよ。僕の『ステータス鑑定』ならばね」

ロランはユフィネのステータスを『鑑定』する。

【ユフィネのステータス】
指揮：40－50

「君の指揮能力は……まあいいところ平凡ってところかな」

ユフィネは納得のいかない顔をした。

「でも隊長になることはできるよ」

【ユフィネのステータス】
決断：70－90

「どういうことですか？」

「君が隊長の役職について、実際の指揮は他の人間に委ねる」

「私にお飾りの隊長をやれってことですか？」

「そうじゃないよ。ただ職種と責任を分けるってだけさ」

「？」

「多くの人は上に立つ者は指揮や経営の技能に精通していなければならないと考えている。しかし、実際にはそうではない。僕の考えでは役職というのは最終的な責任の所在を示しているだけだ」

「……」

「指揮官だからといって全てを自分でやる必要はない。要するに君の役割は指揮をすることじゃなくて、権限を部下に委譲し、最終的な責任を持つということ。これまで通り回復役に徹することだ。自分の役割を全うしつつ部下のやることに責任を持つ。作戦の立案や細かい指示はレリオやシャクマに任せる。もし君にそれができるのなら、君に隊長を任せてもいいと思っているよ」

ロランはそこで説明を切って真剣な顔をしてユフィネの顔を見た。

「『鉱山のダンジョン』では部隊を2つに分けることもある。君とシャクマ、レリオの指揮官適性を試す絶好の機会だ。ユフィネ、君は隊長として責任を取ることができるかい？」

（ロランさんったら、あんなこと言っちゃって。いいわ。やってやろうじゃない。私の指揮でロランさんより早くゴールに辿り着いてやるんだから！）

「レリオ。遠慮することないわよ。あんたのすることは全部私が責任を取るから。あんたは遠慮せずに思いっ切り指示を出しなさい」

「はい！」

ユフィネはとりあえず、シャクマとレリオの役割を定めた。

前衛の指揮をシャクマに、後衛の指揮をレリオに。

自身は中央にあって回復に専念する。

彼らがダンジョンを進むとすぐに道一杯に広がって一糸乱れず行進してくる『等身大の土人形(ミニ・ゴーレム)』の群れに遭遇する。

「盾隊展開！　受け止めて、陣形を構築してください。『防御付与』！」

シャクマが指示を出すと盾隊が前に出て、『等身大の土人形(ミニ・ゴーレム)』の突撃を受け止める。

そこに『防御付与』がかかって盾を構えた戦士達(ウォーリアーたち)は青い光に包まれた。

盾隊の後ろに攻撃魔導師が陣取って攻撃魔法を放ち、『等身大の土人形(ミニ・ゴーレム)』を1体ずつ潰していく。

（盾隊で敵の攻撃を受け止めて、攻撃魔法で敵を仕留める。定石通りの戦い方だな。確かにこれなら着実に勝利できるが……問題はスピードか）

レリオはシャクマの戦い方を見ながら思考を巡らせた。

どのタイミングで言うべきか。

「シャクマ、この戦い方じゃ時間がかかり過ぎるわ」

ユフィネが言った。

「ここはスピードを優先して、攻撃的にいきましょう。消耗は私の回復魔法でカバーしてゴリ押ししましょう」

「む。なるほど。分かりました」

（ユフィネさんが言ってくれたか）

レリオはホッとした。

（私だって指揮くらいできるんだから。まず自分の役目を全うする。その上で余裕があれば指揮官適性もアピールしてやるんだから）

それからはユフィネ達は敵を全滅させるよりも突破することに専念して、多少の損害は回復魔法でカバーし、スピード重視で進んで行く。

ユフィネ達がそうして進んでいると、背後から不気味な気配が漂ってきた。

ユフィネは背筋にぞくっとする寒気を感じて、思わず身震いした。

（何？　誰かに追われてる？　アリク隊？　いや違う。この感じは……）

アリク隊であれば足音や武具のガチャガチャ鳴る音が聞こえるはずだ。

今、ユフィネ達の背後から迫ってきているのは、そのような物音などなく、にもかかわらず追ってきているのが分かるという不気味な気配だった。

その気配はユフィネ達から付かず離れず一定の距離を保っていた。

（何？　なんなのこれ？）

「あれは！　まさか『影の亡霊（シェイド）』!?」

最初に気配の正体に気づいたシャクマが叫んだ。

ユフィネも振り返って見る。

確かにそこには黒いローブに身を包み死神の鎌を手に持った『影の亡霊（シェイド）』がいた。

空中に浮かびながら追ってくる。

足下から伸びる巨大な影からは地獄の亡者達の腕と死神の鎌が生えている。

「『影の亡霊（シェイド）』だと!?」

「Aクラスモンスターじゃないか！」

部隊を半分に分けた状態でAクラスモンスターに遭遇するというこの状況を前にして、部隊に動揺が走る。

「落ち着いてください。こちらには私とユフィネがいます。たとえ、戦闘になったとしても負けはしません」

シャクマが部隊を鼓舞するように言った。

「皆さん、後ろが気になるのは分かりますが、前からも敵が来ていますよ」

レリオが言った。

「本当だ。さあ、早いとこ片付けますよ。『攻撃付与』！」

(『影の亡霊』。治癒師向けのAクラスクエスト……)

ユフィネはついつい葛藤してしまう。

個人成績を優先するならば、Aクラス昇格の絶好の機会だった。

(くっ、落ち着け。隊長の私が浮き足だったら終わりよ。私は隊長なんだから、個人成績よりも部隊の成果を優先させなきゃ)

ユフィネは動揺を抑えながら、回復魔法を唱える。


レリオは先を急ぎながら、『影の亡霊』の様子を観察していた。

(ずっと一定の距離を保ってるな。追い付けないのか。それとも追い付かないのか)

『影の亡霊』はこちらを攻撃するチャンスをうかがっている。

レリオにはそう思えて仕方がなかった。

(念のため準備しておくか)

「シャクマさん」

「ん？　何ですかレリオ君」

「『影の亡霊』の様子が気になります。ここは『影の亡霊』との戦闘に備えてユフィネさんの回復魔法を温存させるのが得策かと思います。ユフィネさんの魔力を節約する何かいい方法はありませんか？」

「そうですね。では、ここからは支援魔法を中心に組み立てていくことにしましょう。ユフィネにそう言っておいてくれますか？」

「分かりました」

レリオはユフィネに戦術の組み替えを進言する。

ユフィネは受け入れる。

そうして戦術を変更するや否や、『等身大の土人形（ミニ・ゴーレム）』の部隊が彼らの前に立ちはだかった。

「ここは支援魔法だけで切り抜けますよ。『防御付与』！」

シャクマは盾隊に『防御付与』を与えて消耗を防いだ上で、突破口をこじ開けようとした。

レリオは味方の前衛と敵のステータスを『鑑定』する。


【盾持ち戦士（ウォーリアー）のステータス】

腕力（パワー）：50－60

【『等身大の土人形（ミニ・ゴーレム）』のステータス】

腕力(パワー)：70

(ダメだ。右から3番目の盾持ち。こじ開けるには腕力(パワー)が足りない)

レリオは隣を走っている剣士に声をかけた。

「フレディ。右から3人目の盾持ち。あそこの攻撃力が足りない。援護してあげて」

「よし。分かった」

盾隊と『等身大の土人形(ミニ・ゴーレム)』が激突した。

ほとんどの盾持ちは『等身大の土人形(ミニ・ゴーレム)』を押し退(の)けたが、レリオの予想通り、右から3番目の盾持ちのところだけ跳ね返される。

(げっ、腕力(パワー)が足りなかったか?)

シャクマは慌てるが、すぐにフレディがスイッチして波状攻撃をかける。

フレディは軽い身のこなしで盾持ちの肩を踏み台にすると、そのままの勢いで『等身大の土人形(ミニ・ゴーレム)』に大剣で斬りつけなぎ倒した。

「フレディ、ナイス。このまま、突破しますよ」

ユフィネ達はなんとかその場をパスする。

しかし、またすぐにモンスター達が立ちはだかった。

今度は『等身大の土人形(ミニ・ゴーレム)』に『ヴァンパイア』、『杖を持つ死体(ゾンビ・ロッド)』の混成部隊だった。

（大部隊ですね。流石にここはじっくり戦わなければ）

シャクマはそう判断した。

「盾隊、前衛に展開してください。戦線を作ってじっくり戦いますよ」

レリオは雑多で見分けのつきにくい敵部隊の中から、『ステータス鑑定』で『杖を持つ死体』の存在を察知する。

（魔力の高い敵がいる。おそらく『杖を持つ死体』！）

レリオは側にいる弓使いに話しかけた。

「シャロン。右から5番目の『等身大の土人形』の後ろに『杖を持つ死体』がいる。『弓射撃』できるかい？」

「分かったわ。やってみる」

シャロンはその優れた俊敏で射撃ポイントに駆けつけて、『杖を持つ死体』を狙い撃つ。

おかげで『杖を持つ死体』の攻撃魔法を事前に防ぐことができた。

盾隊と『等身大の土人形』が取っ組み合って、戦線が形成される。

シャクマは『等身大の土人形』の背後に控える『ヴァンパイア』が羽を羽ばたかせる音を聞いた。

（来る！）

「ユフィネ。中央を空けてください。『ヴァンパイア』が来ます」

ユフィネが中央から剣士や攻撃魔導師をどかすと、それを予測していたかのようにレリオ達弓使いがそのスペースに入り込む。

「ナイス指示です。シャクマさん」

レリオ達は『ヴァンパイア』を迎撃して、退かせた。

「ユフィネ。左翼崩れかけてます。回復魔法を」

ユフィネはやや気後れしながら、シャクマの要請に従って回復魔法をかける。

(くっ。2人の思考スピードについていけない。回復に気を遣わなきゃいけないのもあるけれど、細かい戦局の変化に応じて指示を出すのはどうも苦手ね。これが指揮官適性の差……。ロランさんはここまで読んでこの配置を?)

こうしてユフィネの部隊は、シャクマとレリオの絶妙な指示と連携によって敵を倒し、ダンジョンを進んでいく。

しかし、レリオは背後から徐々に『影の亡霊』が近づきつつあるのを感じていた。

(また『影の亡霊』の気配が近くなってる。そろそろ仕掛けてくるか?)

戦闘を繰り返し、24時間ほど経った頃、ついに転移魔法陣が見える場所まで来た。

「見ろ。転移魔法陣だ」

「よし。あと一息だ」

(やった。もうすぐだわ)

ユフィネは隊長としての任務を全うすることができて、肩の荷が下りたようにホッとした。

「油断してはいけませんよ。まだ、最後の戦闘があります」

シャクマの言うとおり、前方には『等身大の土人形（ミニ・ゴーレム）』と『ヴァンパイア』の混成部隊が待ち構えていた。

とはいえ、今までの戦闘に比べればそこまで難しい相手でもない。

楽に突破できるだろう。

誰もがそう考え、気を緩めたところにそれは起こった。

部隊の前の地面が急速に盛り上がり、『塔のような土人形（タワー・ゴーレム）』が現れたのだ。

（うそっ。ここで『塔のような土人形（タワー・ゴーレム）』!?）

ユフィネは呆然（ぼうぜん）としてしまう。

「なっ、ここにきて『塔のような土人形（タワー・ゴーレム）』!?」

「ウソだろ!?」

部隊はここまで来るのにかなりの消耗を強いられており、ここにきて重量、硬さ、攻撃力の三拍子兼ね備えたモンスターの出現に心が折れそうになる。

『塔のような土人形（タワー・ゴーレム）』は中央に陣取って、左右に一列に並んだ『等身大の土人形（ミニ・ゴーレム）』を従え、道を隙間なく埋めて立ちはだかる。

「慌てたって仕方がありません。とにかく突破あるのみ。盾隊の皆さん、突撃してください。『攻撃付与』！」

シャクマは突撃を命じて、『攻撃付与』を唱えた。

攻撃力の増した盾持ち達(たち)は土の壁に果敢にぶつかって行ったが、『塔のような土人形(タワー・ゴーレム)』はビクともしない。

そればかりか攻撃をしかけてくる。

盾持ちが3人がかりで『塔のような土人形(タワー・ゴーレム)』の振り下ろした拳を受け止めた。

「くっ、ユフィネ。何をしているんです？　早く剣士を追加してください」

たまらずシャクマが後衛に援護を求める。

「待ってください。ユフィネさん」

レリオが制止した。

「ここまでで盾隊も剣士隊もステータスを消耗し過ぎました。たとえ剣士隊で腕力(パワー)をかさ増ししても、『塔のような土人形(タワー・ゴーレム)』の腕力(パワー)を超えることはできません」

レリオが『ステータス鑑定』をしながら言った。

「それに、後ろから『影の亡霊(シェイド)』が！」

それまで彼らを追いつつも一定の距離を保って、決して近づくことはなかった『影の亡霊(シェイド)』が急速に距離を詰めて来る。

このままではユフィネ達は『塔のような土人形（タワー・ゴーレム）』と戦いながら、『影の亡霊（シェイド）』の攻撃を受けなければならない。

（前門の『塔のような土人形（タワー・ゴーレム）』、後門の『影の亡霊（シェイド）』。くっ、どうする？）

「ユフィネ。迷っている暇はありません。突破するしかありませんよ」

シャクマが言った。

しかし、レリオの情報を信じるなら、『塔のような土人形（タワー・ゴーレム）』は突破できない。

（とはいえ、他に方法なんて……）

「ユフィネさん。『影の亡霊（シェイド）』を倒すというのはどうでしょう？」

「えっ？」

「『影の亡霊（シェイド）』を倒してからなら『塔のような土人形（タワー・ゴーレム）』とじっくり戦えます。それに、ここまでで消耗していないのはユフィネさんの回復魔法だけです」

「なっ、ちょっと待ってくださいよ」

シャクマは慌てて反論した。

「ここまで来て引き下がるんですか？　『影の亡霊（シェイド）』はAクラスモンスターですよ。一方で『塔のような土人形（タワー・ゴーレム）』はBクラス。AクラスとBクラス、どちらを相手にすべきかは自明の理でしょう？」

レリオも負けじと反論する。

「ユフィネさん、敵よりも自軍の状態を重視してください」

そうやって言い争っているうちに、『影の亡霊(シェイド)』はどんどん近づいてきて、ゴーレム達は盾隊を押し返そうとしていた。

「ユフィネさん」

「ユフィネ！」

全員の視線がユフィネに集中する。

前衛でゴーレムの侵攻を支える盾持ちも後衛で待機している剣士や魔導師も、どうするつもりだ？　とその目で問いかけていた。

（どうする？　もしロランさんなら……）

ユフィネはロランの言葉を思い出した。

——ユフィネ、君は隊長として責任を取ることができるかい？——

（私に細かい戦局のことは分からない。私が責任を取れるのは……。自分の回復魔法になら、責任を持てる！）

「レリオの案を取るわ。『影の亡霊(シェイド)』を先に倒すわよ。『塔のような土人形(タワー・ゴーレム)』はその後」

「なっ、ユフィネ。本気ですか？」

「ええ、本気よ。全員反転。『影の亡霊（シェイド）』の影の中に突っ込んで！」

「冗談じゃない。こうなったら前衛だけで『塔のような土人形（タワー・ゴーレム）』を倒しますよ！」

そうして命令を無視しようとするシャクマに対して、ユフィネは首元のスイッチを押した。

シャクマの動きが封じられる。

「うぐっ、何を……」

「あなた、シャクマを抱えてあげて。さ、行くわよ」

ユフィネは盾隊の1人に盾を捨ててシャクマを抱えるよう命じると、全員で影の中に駆け込んで行く。

影から伸びてきた鎌が彼らを切り刻んでくる。

（来るなら来い！　守り切ってやる！）

ユフィネの回復魔法の光が影の中で瞬いた。

ゴーレム達は追いかけようとしたが、彼らの俊敏（アジリティ）では到底追い付けない。やがて、ユフィネ達が影の中に消えたことで、ゴーレム達は静止する。

意思持たぬ土人形といえど、『影の亡霊（シェイド）』の影の中に入る勇気はなく、亡霊と冒険者の戦いが終わるのを待つばかりだった。

ロラン達は一足先に次の階層への魔法陣に到着して、ユフィネ達を待っていた。

モニカはユフィネ達のくぐり抜けてくるであろう扉を心配そうに見ていた。

（ユフィネ達、まだかな）

モニカは心配そうにユフィネ達がやってくるであろう道を見つめる。

「ロランさん、ユフィネ達は大丈夫でしょうか」

「うーん。こっちは予想以上に強いモンスターに出くわしちゃったからね」

『塔のような土人形（タワー・ゴーレム）』やAクラスモンスターが出現したのは、ロラン達の進んだ道でも同じだった。

幸い、モニカの『串刺』で容易に突破することはできたのだが。

「僕達同様、ユフィネの方も強力なモンスターに遭遇している可能性は十分にある」

「どうしてこんなに強いモンスターが出てくるんでしょう。まだ10階層にも辿（たど）り着いていないのに」

「多分、攻略ペースが速すぎるんだ」

「攻略ペースが？」

「ああ、冒険者のダンジョン攻略ペースがあまりにも速いと、強力なモンスターが下層に現れることがあるらしい。まるで冒険者の攻略速度を調整するみたいに。今その現象が起こっているのかもしれない」

「じゃあ、ユフィネ達は……」

「分からない。とにかく、今は待つしかないよ」

（もし。このままユフィネ達が来なければ……難しい決断を迫られることになるな）

しかし、ロランの心配は杞憂に終わった。

ユフィネ達が扉をくぐってやってきたのだ。

「ロランさん！　ユフィネが……」

「ああ、上手くやったみたいだな」

「すみません。遅れました」

ユフィネがリーダー然としてロランに駆け寄りながら報告する。

「いや、よくやった。十分だよ」

「それよりもロランさん、これ見てくださいよ」

ユフィネが鎌を指し示してみせる。

「それは……」

「『影の亡霊の鎌』ですよ」

「『影の亡霊』？　まさか君達『影の亡霊』を倒してきたのかい？」

「はい」

「うわぁ、凄いユフィネ。隊長をこなしながらAクラスのモンスターまで倒すなんて」

「まあね」

ユフィネは得意げに胸を張った。

一方で、レリオはグッタリして床に手をついていた。

「なんだレリオ。フラフラじゃないか」

リックがからかうように言った。

「リック。悪いけど今は話しかけないでくれ。体力(スタミナ)よりも頭を使いすぎてヘロヘロなんだ」

「なんだぁ？　だらしない奴(やつ)だな。俺はまた『塔のような土人形(タワー・ゴーレム)』を倒したが、まだまだ元気だぞ。はっはっは」

「リック、僕は君の単純さが羨ましいよ」

レリオは悲しげに言った。

ロランは別働隊のメンバーを『ステータス鑑定』して、消耗をチェックした。

それで誰が真の殊勲者かははっきりと分かった。

【レリオのステータス】

指揮：10－90

（レリオの指揮がすっかり消耗してる。頑張ったんだな）

「よし。それじゃあ、部隊を再編して9階層に向かうよ。ユフィネ達は特に消耗が激しいから、フォローするように」

ロランは消耗の激しいユフィネ達をカバーできるように部隊を再編した後、転移魔法陣を潜り9階層へと向かった。

アリク達がそこに辿り着いたのは、ロランが転移魔法陣を潜ってからすぐの時だった。

（くっ。逆転は無理だったか）

しかし、アリクはなかなか9階層へ進むことができなかった。

別働隊の到着が遅れていたからだ。

（まだか。別働隊の到着はまだなのか）

アリクは焦れったい思いをしながら待ち続けた。

実のところ、アリクの別働隊は、Bクラスモンスターに苦戦していた。

結局別働隊が合流したのはそれから数時間後だった。

その時、ロラン達はすでに9階層をクリアしていた。

2つの部隊の差はついに1階層分にまたがった。

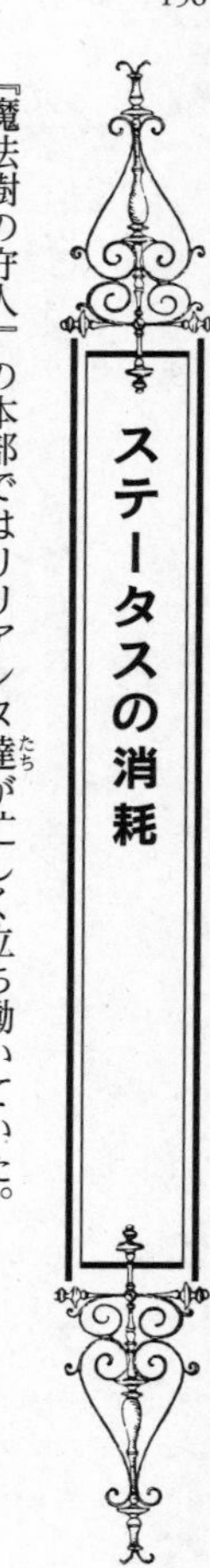

ステータスの消耗

『魔法樹の守人』の本部ではリリアンヌ達(たち)が忙しく立ち働いていた。

ロランがダンジョンを攻略している間、ギルド長となったリリアンヌは、部隊を強化すべく外部からも冒険者達をかき集めていた。

「有能な冒険者を囲い込むのです。彼らが『金色の鷹(たか)』と契約する前に。Bクラス以上の冒険者は、お金に糸目をつけず雇いなさい」

伝令がやって来る。

「ギルド長。申し上げます。ロラン隊が9階層に到達しました」

リリアンヌの周りの者達が騒(ざわ)つく。

「9階層。もうそこまで行ったのか」

「早いな……」

「それで、アリクの部隊は？」

「まだ8階層です」

おおっ、と歓声が上がる。

「皆さん！　油断してはいけませんよ。まだ勝負はどう転ぶか分かりません。ダンジョンで頑張っている部隊を支援するために、私達も最善を尽くしましょう」

（ロランさんの部隊、異様なペースでダンジョンを攻略してる。きっと部隊はステータスを消耗して帰ってくるはず。彼が帰ってくる前にBクラス冒険者の補充要員をできるだけ多く集めておかなければ……）

　リリアンヌが指示を出していると、また伝令が駆け込んでくる。

「ギルド長！　『金色の鷹』上級会員の方がお見えになりました」

「『金色の鷹』の上級会員？　一体誰が……」

「ジル・アーウィンです」

「えっ!?　ジルさんが……?」

　ジルはリリアンヌの前に跪いた。

「突然の訪問にもかかわらず、お会いいただきありがとうございます」

「本当に突然の訪問ですね」

　リリアンヌはジルに冷たい一瞥をくれた。

「ジルさん、我々とあなた方は今、ダンジョン攻略を巡り争っています。そのような時期にあって、『金色の鷹』上級会員であるあなたが事前の連絡もなしにこのような形でお訪ねになるなんて。一体どういうおつもりですか?」

「『魔法樹の守人』が外部ギルドからも広く冒険者を募っていると聞きまして。微力ながら私も『魔法樹の守人』のダンジョン攻略に参加させていただきたいと存じ、参上いたしました」

「……『金色の鷹』からはあなたのことに関して何も連絡を受けていませんが」

「『魔法樹の守人』への参加は私の一存で決めたこと。『金色の鷹』の意向とは関係のないことです」

「しかし、良いのですか？　今、私たちのギルドは……」

「私が忠誠を捧げるのはロランさんのいた『金色の鷹』です。ロランさんのいない『金色の鷹』にはもはや忠誠を捧げる価値はありません。どれだけ厳しい制裁を受けようとも、もう私はロランさんの命令以外に従うつもりはありません」

「ジルさん……」

（『金色の鷹』は契約違反に厳しいはずなのに。本当にロランさんのことを慕っているんですね）

リリアンヌはジルのことがいじらしく思えてきた。

「分かりました。あなたを雇いましょう」

「は。ありがとうございます」

「ジルさん。どうかそうかしこまらないで。同じロランさんに導かれた身としてあなたの

気持ちはよく分かるつもりです。ここはお互い協力して、ロランさんのことを支えましょう」

「そう言っていただけると助かります」

ジルのこの行動は『金色の鷹』内部で顰蹙を買ったが、それよりも厳しく批判されたのはルキウスの方だった。

「セバスタやジルのような上級会員の造反を招いたのは、ひとえにギルド長ルキウスの相次ぐ失策のせいだ！」

セバスタの後釜、第2部隊の隊長を狙っていた会員達は、今やルキウスの後釜を狙わんとして、引き摺り下ろそうと画策していた。

ギルド内では頻繁にデモが起こった。

今や彼らは、反ルキウスの運動が出資者や世間の耳に届くよう、声を大にして騒ぎ立てていた。

ルキウスはギルド長の部屋の窓から、『金色の鷹』の敷地内でデモを起こしている連中を見下ろしていた。

（ジルを甘やかしたのは失敗だったか。これだけ譲歩しておきながら結局裏切るとは）

ルキウスは苦々しい顔を引っ込めて、ふと暗い笑みを浮かべた。

（まあ、いいさ。これでハッキリした。ようやく分かったよ、ジル。お前が私の命令に従うつもりがないということが。お前がそのつもりなら、いいだろう、こちらにも考えがあるぞ）

一方、その頃、『精霊の工廠』では、チアルとドーウィンが新素材の成形が終わるのを今か今かと心待ちにしていた。

いよいよSクラスの武器が完成しようとしていた。

10階層に辿り着いたロランは、部隊が著しく消耗していたし、保有する『ポーション』や『魔力回復薬』も少なくなっていたので、一旦街に戻ってパーティーを解散し、眠りにつくことにした。

24時間後、自宅で目を覚ましたロランが、すぐに部屋を出ると、クラリアがニコニコしながら待っていた。

「おはようございます。ロランさん」

「あ、クラリア……」

「ダンジョンから帰ってこられたと聞いて、馬車を手配しておきました。お食事も用意しております」

見ると通りには馬車が一両止まっていた。

（全く。こういうことには気がきくんだから）

「ありがとう。それじゃ『魔法樹の守人』に出勤しようか」

ロランは馬車の中でサンドイッチを食べながら、自分がダンジョンにいる間に起こったことについて報告を受ける。

「まず『精霊の工廠』の方ですが、新しい『串刺』の生産は順調です。剣A、盾A、弓A、鎧A、杖Aについても、全てすぐ様部隊員全員分の装備を交換できるように手筈が整っております。『アースクラフト』については現在、150個在庫があります」

クラリアは手元の書類をパラパラとめくりながら言った。

「そうか」

（ランジュは上手くやっているみたいだな）

「クラリア。ランジュに本日正午、再びダンジョンに突入するから、その時間に装備一式と『アースクラフト』を持ってくるのと、メンテナンス要員を連れてくるように伝えてくれ」

「分かりました」

「『魔法樹の守人』の方はどうなってる？」

「リリアンヌさんが順調に補充要員を集めてくださっています。もう昨日の時点でBクラスの冒険者が30人は集まったとか」

「へえ。それは凄いな」

（リリィも頑張ってるみたいだな）

「あ、そうだ。それとこれはチアルちゃんから聞いたことなんですけれど……」

「ん？」

「Sクラスの武器がもうすぐ完成するそうです」

「Sクラスの武器が!? そうか。ついに……」

ロランは顔をほころばせた。

ようやくジルにSクラスの武器を持たせてあげられるのだ。

（やっぱりSクラス冒険者にはSクラスの武器を持たせてあげないとな）

クラリアもロランの嬉しそうな横顔を見て、自分も嬉しくなってくる。

（ロランさん嬉しそう。今ならアピールのチャンスかも）

クラリアはあざとくそう考えた。

彼女はまだロランの愛人になることを諦めていなかった。

（せっかくロランさんのような偉い人のお側で働いているんだから、チャンスは有効活用しないとね）

「ロランさん。そう言えば、ディアンナさんに会いましたよ」

「えっ、ディアンナに？」

　クラリアの思惑通り、ロランが食いついて来る。

「ええ。少し会話しただけですが、なんというか余裕のない様子でした。いつも意地悪な彼女が減らず口の一つも叩かないで」

「へぇ」

「やっぱり『金色の鷹』陣営は結構大変みたいですね」

　クラリアはさりげなくロランにウィンクした。

　ロランはついついドキリとする。

　実際、クラリアは軽薄なところを除けばなかなか魅力的な娘だった。

「そ、そっか」

　ロランは見なかったことにして、目を逸らし再び前を向く。

「ロランさん！」

「ん？　な、何？」

「よければ私がディアンナさんから、情報を引き出しましょうか？　『金色の鷹』は今、ガタガタですから、何か有効な情報を引き出せると思うんです。私結構得意なんですよ。人から情報を引き出すの」

　クラリアはこのチャンスを逃すまいと、ロランの注意を引き続けるべく、手を握った。

　口づけできそうなほど顔をロランに近づけて、瞳をウルウルと潤ませる。

「私、以前、ロランさんに失礼な態度をとってしまって。だからどうにかロランさんのお役に立ちたくって」

「えっ、あー、うん、えーっと」

ロランはクラリアを『スキル鑑定』した。

【クラリアのスキル】

『密約』：C↓A

『情報奪取』：C↓A

（う、うーん。このスキルは果たして育ててもいいものかどうか）

どちらも諜報系のスキルで、上手く使えば情報収集に使えそうだが、逆に自分達の重要な情報が敵に漏洩する恐れもあった。

彼女とより深く親密な仲にでもならない限り。

「あっ、どうやら到着したみたいだね」

ロランは馬車が止まったのを見て、いそいそと扉を開けて降りる。

クラリアは一瞬憮然とした表情になるものの、すぐにいつも通りニコニコと愛想のいい若い娘の顔に戻った。

（流石に手強いですね、ロランさん。そう簡単に靡いてはくれませんか）

クラリアはロランの背中を見つめる。

（でもまだまだチャンスはあるはず。逃がしませんよロランさん！）

ロランが『魔法樹の守人』に入るとリリアンヌが迎えてくれた。

「おかえりなさい、ロラン」

「リリィ。わざわざ迎えに来てくれたのか」

「ロランさん。Bクラス冒険者の補充要員、すでに用意ができていますよ」

「そこまでしてくれたのか。……ありがとう。君が背後を支えてくれるおかげで、この後も僕達はダンジョンクリアに専念することができる」

「うふふ。それにしても……」

リリアンヌは馬車の方をチラリと可笑しそうに見た。

「ロランさんもついに重役出勤ですね」

「いや。恥ずかしいな」

「このくらいのこと。今までのロランさんの功績を考えれば当然の待遇ですよ」

リリアンヌの後ろから現れたジルが言った。

ロランはリリアンヌとジルが一緒にいるのを見て、少しドキッとした。

「ジル!?　どうしてここに？」

「彼女は現在我々の傘下の冒険者です」

リリアンヌが説明する。

「彼女が申し出たので、私が許可しました。『金色の鷹』に断りもなく来られたそうです」

「ジル……」

「ようやく、あなたの下であなたのために働くことができます」

ジルは嬉しくて仕方がないというように、頬を紅潮させながら言った。

「ロランさん。どんなことでもやらせていただきます。ご命令ください」

「そうか」

ロランは彼女の覚悟のほどをそこはかとなく感じて、多くを聞かないことにした。

2人は以心伝心したように視線を交わし合った。

リリアンヌは2人の様子を見て心から満足した。

「それでどうしましょう？　ジルさんですけれど、とりあえず、ロランさんの部隊に配置しましょうか？」

リリアンヌが困ったように相談する。

「それもありだけど。今は少し様子を見よう。どうも『鉱山のダンジョン』の様子がおかしいんだ」

「様子がおかしい？」

「ああ、下層なのに異様に強いモンスターが出てくる。Sクラスのモンスターが出てくるかも」

「Sクラスの……」

ジルがハッとする。

Sクラス昇格。

それはジルとロランにとっての念願だった。

「うん。だから君にはSクラスモンスターの撃破に備えて待機しておいて欲しい。もうすぐ『精霊の工廠』でもSクラスの装備が完成しそうなんだ。細かい調整が必要だろうから、『精霊の工廠』に打ち合わせに行ってくれるかい？」

「分かりました」

「ではジルさんはウチで待機、ということでよろしいですね。補充要員についてはどうしますか？」

「盾役、剣使い、弓使いの消耗が激しい。できればステータスが万全の状態の人と交代させたい」

「分かりました。そのように手配します」

「とりあえずこんなところかな。ジル。僕はギルド長と話すことがあるから先に行っていてくれるかい？」

「はい、ロランさん」

「クラリア。ジルを『精霊の工廠』まで馬車で連れて行ってあげてくれ」

「はい、かしこまりました」

「それじゃ、リリィ。行こうか」

ジルは馬車に乗りながら、少し寂しげにロランとリリアンヌが控え室に入っていくところを見つめた。

リリアンヌは控え室に入ると、すぐにロランに抱きついて熱烈なキスを浴びせた。

ロランの首に腕を回してがっしりと掴み、存分に久しぶりのキスを味わう。

2人はしばらくの間、貪るようにお互いの唇を味わった。

呼吸が苦しくなると、息継ぎをして、すぐ様再びキスに没頭する。

2人がキスをやめたのはたっぷり数分経ってからであった。

リリアンヌは深く悩ましげなため息をついて、一息つくとようやく少しだけ落ち着いた。

「ごめんなさい。本当はダンジョンをクリアするまで我慢するつもりだったのですが……」

「いやいや、いいんだよ」

「今、大事な時期だというのは分かっているのですが……。でもギルド長のお仕事は思ったよりも大変で……」

「いいんだよ。僕の方こそ、なかなか構ってあげられなくてごめんね」

ロランはそう言いながら、リリアンヌの髪を優しくかきあげて頬を撫でた。

「ロラン……」

リリアンヌは感激したように目を潤ませる。

2人はもう一度だけ軽くキスをした。

「帰ってきたらたっぷり構ってあげるから、もう少しだけギルド長のお仕事頑張って」

「はい……」

2人が部屋を出た時には、リリアンヌはすっかりもとのキビキビした調子に戻って、むしろ心なしかリフレッシュした様子で廊下を歩くのであった。

ダンジョンに向かうロランのことを手を振って笑顔で見送る。

(ロランさん。帰ってきたら、たくさん、たーっくさん私に構ってくださいね)

リリアンヌから補充要員を受け取ったロランは、彼らを引き連れて、ダンジョンの入り口へと向かった。

すると、そこにはすでにモニカ達部隊員とランジュ達『精霊の工廠』のメンバーが集まっていて、再度ダンジョンに突入する準備を始めていた。

「リックさん。『鎧トカゲ』の油が大分剝げてしまっていますね。メンテナンスしておきます」

「おお、ありがとうございます」

『精霊の工廠』の若い職員が、リックの鎧に『鎧トカゲ』の油を塗り直してメンテナンスする。

チアルは『銀製鉄破弓』やレリオの弓、マリナの杖のメンテナンスと大忙しだった。

「リックさん。盾のメンテナンスは間に合わないので新しいものを使ってください」

ランジュが新しい盾を持ってきながら言った。

「おお、ありがとうございます」

（やはり『魔法樹の守人』のサポート体制は素晴らしいな。流石大手ギルドだ）

リックは満足しながらサポートを受ける。

ふと、ロランとランジュが親しげに話しているのを見る。

（ロランさん、『精霊の工廠』のメンバーとも仲が良さそうだな）

「あの、モニカさん」

リックは隣で準備をしているモニカに話しかけた。

「ん？　なあに？」

「ロランさんは、『精霊の工廠』の方々とも親しいようですが……」

「そりゃそうだよ。ロランさんは『精霊の工廠』のギルド長だし」

「えっ？　そうなのですか？」

「それどころか、元々、ロランさんは『精霊の工廠』から来た人よ」

ユフィネが会話に割って入る。

「元々は『精霊の工廠』で『魔法樹の守人』用に武器を作ってたんだけれど、リリアンヌさんの伝手で特別顧問として『魔法樹の守人』にやって来たの」

「そ、そうなのですか」

（錬金術ギルドのギルド長から冒険者ギルドの幹部にして、部隊長。ロランさんって……一体どういう経歴の人なんだ。謎過ぎる）

リックは不思議そうにロランの方を見るのであった。

ロランはメンバーのステータスを『鑑定』する。

まずはモニカ、シャクマ、ユフィネからだった。

「ん。君達はステータスに異常はないようだね」

「はい」

「あったり前ですよ」

ユフィネが胸を張りながら言った。

続いてリック、レリオ、マリナのステータスを『鑑定』する。

（リックは……魔力に乱れがある。支援魔法と回復魔法は厳しいか。マリナは……そもそも消耗してないか。レリオは……）

【レリオのステータス】
腕力(パワー)：20－70
俊敏(アジリティ)：30－90
指揮：30－90

（流石に消耗が激しいな。無理もないか）

「レリオ。君は待機だ」

「う、やっぱりですか」

「ああ、ステータスが回復していないからね」

「……はい」

「落ち込むことないよ。あれだけの指揮をこなしたんだ。多少の消耗は仕方がない。ここは無理せず、回復に専念してくれ。もし合流できそうなら、『森のダンジョン』か『峡谷のダンジョン』から帰って来た部隊と合流すること」

「了解です」

ロランはこの他、盾隊、剣使い、弓隊の人間からもステータスの消耗している人間は、補充要員と交代させ、ほとんどダメージのない状態でダンジョンに再び侵入した。

「よし。モニカ、シャクマ、ユフィネについては、いつも通り。リックは前衛の役割に専念。魔力が消耗しているから『俊敏付与（アジリティ）』と『単体回復魔法』は使っちゃダメだよ。マリナはアイテム供給を最優先。モニカへの『串刺』と『アースクラフト』の供給を。特にここからは『酸の粘状体（アシッドスライム）』が現れる。『酸の粘状体（アシッドスライム）』は武器の損耗を促進するモンスターだ。1人1つずつ『アースクラフト』を常に保有して、もしメンバーの装備が損耗したら、マリナはすぐ損耗者に『アースクラフト』を支給するように」

「はい」

「よし。それじゃあ行くぞ」

11階層へと降り立ったロラン達（たち）はすぐ様、『塔のような土人形（タワー・ゴーレム）』に遭遇した。

しかも一際レベルが高そうだった。

(ぐっ、いきなり『塔のような土人形（タワー・ゴーレム）』かよ)

リックが顔をしかめる。

「陣形を展開！」

ロランが指示を出すと、前衛と後衛に分かれて、じっくりと戦い始める。

戦いの途中、リックは敵の隊列に乱れを見つけた。

（今、あそこに飛び込めば、背後に回れる、か？）

「『俊敏付与（アジリティ）』」

リックは呪文を唱えたが、魔法は発動せず、むしろ目眩（めまい）がリックを襲った。

（ぐっ、なんだ？）

「リックの様子がおかしいぞ」

「誰か。助けてやってくれ！」

周りの盾隊の連中が急いでカバーしながら騒ぎ出す。

（やはり、リックが魔法を使うのは厳しいか）

ロランはリックの様子を見ながら改めて思った。

モニカがリックの肩を担いで、後衛まで引っ張る。

「もう、ロランさんが『俊敏付与（アジリティ）』は使っちゃダメって言ったでしょう」

「うぐっ」

「ちゃんと隊長の命令は聞かなきゃダメだよ」

「……はい」

リックは申し訳なさそうに言った。

「その点、私は言われたこと以外何もやりませんよ」

なぜかマリナが誇らしげに胸を張って言った。

「あんたはもう少し積極的になりなさいよ！」

ユフィネがどやすように言った。

ロランは苦笑した。

（まだまだ、新人達はメンタルが未熟だな。果たしてこのまま、アリクを振り切ることができるか？）

ロラン達は、体調不良を起こしたリックを庇いながら行軍したため、しばらくの間低速での移動を余儀なくされた。

その他、新しく部隊に入った補充員との連携不足からも、部隊の足は遅くなってしまう。

一方、その頃アリク達も24時間のインターバルを終えて、再びダンジョンに潜り、凄まじい勢いでロラン達を追い上げていた。

（やはり『金色の鷹』を立て直すにはこの『鉱山のダンジョン』で俺がロランに勝利する他ない！）

アリクは『金色の鷹』本部の体たらくを見てその思いをさらに強くした。

彼がルキウスから余計な干渉を受けないのにホッとしたのも束の間、今度は本部でルキウス降ろしの動きが盛んになっているのを目の当たりにした。

デモに出くわした彼がその場で一喝すると、一応騒ぎは収まったものの、アリクがダンジョンに入ればまた再燃することは間違いなかった（もはや『金色の鷹』でこのような威厳を発揮できるのはアリクをおいて他になかった）。

アリク達はロランの後を怒濤の勢いで追いかけた。

アリク隊歴戦の強者達はこのハイペースにもかかわらず、24時間の回復できっちりとステータスを持ち直して、脱落する者は1人もいなかった。

研ぎ澄まされた連携と、後追いのアドバンテージでもって、凄まじい速さでダンジョンを駆け抜ける。

その際、やはりアリクは先頭で指揮をとりながら、自らの支援魔法を駆使していた。

モニカが声に緊張を含ませて言った。

「ロランさん、この感じ」

先程から背後からのプレッシャーが凄まじい。

「ああ、アリク達が追い上げているな」

そしてついにモニカの『鷹の目』が、アリクの部隊を捉える。

（ウソ。1階層以上の差があったのに。もうこんなところまで……）

再びアリクの部隊は背後1キロメートルのところまで迫っていた。

アリクもロランの部隊を肉眼で捉える。
（捉えたぞ。ロラン！）
アリクは全速力でロランの部隊に迫る。
（くっ。俺のせいで追いつかれるのかよ）
リックは背後からのプレッシャーを感じながら歯軋りする。
しかし、スピードの差は歴然でどうにもならなかった。
12階層、13階層と階層を経るごとに少しずつ近づいてくる。
14階層に辿り着いた時、ついにアリクの部隊がロランの尻尾を捕まえる。
（もらった！）
アリクは追い抜きの指示を出そうとした。
しかし、その時不意に彼を目眩が襲う。
（なんだ？）
「隊長!?」
体勢を崩して倒れそうになるアリクを副官が急いで駆け寄って支える。
「大丈夫ですか？　誰か！　回復魔法を！」
しかし、アリクは回復魔法をかけられても回復することはなかった。
「まさか！」

副官はその場でアリクのステータスを『鑑定』した。

【アリクのステータス】

魔力：1－120

（魔力の最低値が1……。乱調どころじゃない。これは……、もうすぐには治らない）

「隊長。お休みください。あなたのステータスは限界です」

「バカを言うな。今ここで俺が休んだら、ロラン達はどんどん先に行ってしまうじゃないか」

「しかし、もう魔法は撃てないでしょう？」

「くっ」

アリクはどうにか呪文を唱えようとしてみる。

しかし、どうしても集中力が途切れて呪文を唱えることができない。

どれだけ魔力回復薬（マジックポーション）を飲んでも無駄だった。

「くそっ。ここぞという場面で」

（無理もない。このハイペースを維持するためにずっと1人で部隊を引っ張ってきたんだ）

副官は苦々しい顔をする。

ロラン達はアリク達がもたついているうちに先へと進んだ。

再び距離が開き始める。

「くそっ」

「落ち着いてください。ロラン達とて苦しいことに変わりありません。ずっと先頭をハイペースで走っているんです。むしろ負担の上では我々よりも多いはず」

「15階層を越えればまた一段とモンスターが強力になります。そうなれば彼らとてペースを落とさざるを得ないでしょう」

しかしロラン達のペースが落ちることはなかった。ロランは部隊員の負担が集中しすぎないように小まめにステータスを『鑑定』して、負担を分散していた。

そのため、モニカ、シャクマ、ユフィネの3人は、相変わらず戦闘において高い強度を維持した。

一方で、アリクの部隊はというと、アリクを先頭に据えない編成でダンジョンを進んだが、その行軍スピードは目に見えて低下した。

保有しているAクラス冒険者の人数の差が、はっきりと形になって現れたのだ。

ロラン達はアリク達がもたついているうちに差を広げていき、ついに両部隊の差は2階層分にまで広がった。

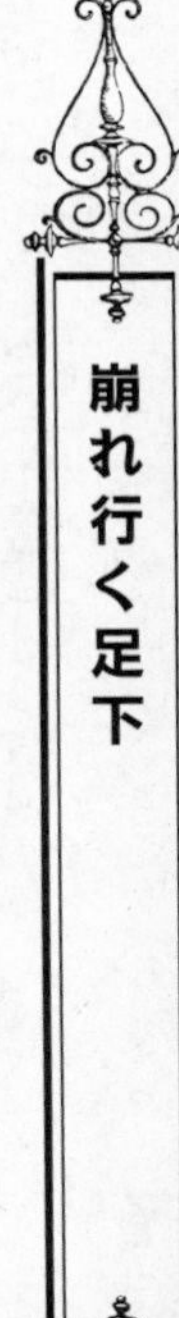

崩れ行く足下

「何してるの！　前衛遅れてるよ。ちゃんと壁作って！」

モニカは叱咤しながら、前衛の穴となっている部分に駆けつけて『弓射撃』でカバーする。

出遅れてしまったリックは、膝をついて肩で息をしながら悔しそうに前衛の戦いを見守る他なかった。

（くそ。なんて人達だ。ずっとハイペースできているのに、疲れている素振りすら見せない）

リックはすでに腕が震えていた。

（くそぉ。腕が上がらない）

ロランもリックの様子がおかしいことに気づいた。

（リックの動きが鈍くなっている……）

『ステータス鑑定』してみる。

【リック・ダイアーのステータス】

腕力(パワー)：40－90
俊敏(アジリティ)：10－40

（腕力(パワー)が40－90に。それに俊敏(アジリティ)も下がってる。大して高くない俊敏(アジリティ)で優位に立とうとするから腕力(パワー)が消耗するんだ）

リックは白兵戦の時、俊敏(アジリティ)で敵の攻撃をかわして側面や背後に回り込もうとするクセがあった。

しかし、結局、俊敏(アジリティ)で優位に立つことはできないため、いたずらに腕力(パワー)を消耗してしまうのだ。

（せっかく耐久力(タフネス)が高いんだから、もっと耐久力(タフネス)を活(い)かした戦い方をすればいいのに。メンタルだけじゃなく、経験値も足りないか。なんにしてもこの腕力(パワー)では16階層以上の『冥界』では通用しないな。かろうじて使えるのは……）

ロランは他のステータスに目を転じた。

【リック・ダイアーのステータス】
耐久力(タフネス)：70－80

（耐久力(タフネス)だけか）

「ううー。もうダメです」

別の場所でマリナがへたり込む。

ロランはマリナのステータスも『鑑定』した。

【マリナ・フォルトゥナのステータス】

魔力：10－90

（今回はホントに疲れてるみたいだな）

ロランは苦笑した。

（よし）

「リック！」

「は、はい」

「装備を変更だ。剣を外して」

「えっ？　剣を？」

「ああ、もう君の腕力(パワー)は限界だ。剣を外して鎧(よろい)と盾だけならまだ動けるはず。今後、攻撃はいい。壁役に徹するように」

「待ってください。俺はまだ……」

「ダメだ。『冥界』ではその腕力では通用しない」

リックはそれを聞いてハッとした。

(そうか。16階層からは『冥界』。Bクラス以上の冒険者でなければ通用しないと言われている。必死になって主力部隊に付いて来ているうちに、もうそんなところまで来てしまったのか)

16階層を経験したとなれば、街では一角の冒険者と認められる。

「『冥界』ではステータス70以上を発揮できなければ、通用しない。今の君の腕力は40－90。不安定過ぎるんだよ」

「う……」

「もし、これ以降も剣を装備したまま戦うというのなら、部隊から外すしかない。どうする?」

「ぐ、分かりました」

「マリナ。リックの剣を仕舞ってあげて」

「はい」

マリナはスキル『装備保有』でリックの剣を収納した。

リックはフッと体が軽くなって、動きやすくなるのを感じる。

「それとマリナ。『串刺』はここまでだ。今後は部隊へのアイテム支給に徹するように」

「はーい。分かりましたー！」

マリナは満面の笑みで答えた。

ユフィネはそんなマリナの態度に顔をしかめる。

（自分のタスク減らされたのに、素直すぎるでしょあんたは）

ロランは指示を続ける。

「モニカ。今言ったように『串刺』はもう使えない。今後は『一撃必殺』を中心に戦術を組み立てる。一撃で倒せない敵は前衛で削った後、『一撃必殺』でトドメだ。V字形の陣形、覚えてるね？」

「はい」

「シャクマ。全体の指揮は君が執るように」

「はい」

「ユフィネ。今後は君が隊長だ。もし、部隊が岐路に立ち、選択を迫られたら、君が決断を下すように」

「はい。分かりました」

ロランは5人の他にもそれぞれ指示を出していった。

最も攻撃力の高い剣士に声をかける。

「フレディ、君はリックの背後についてくれ」

「俺の攻撃力でリックの腕力(パワー)不足をカバーする……ってとこっすか？」

「そうだ。戦術としては、まずリックが敵の攻撃を盾と鎧で受け止める。その後、背後から君が飛び出してスイッチし、体勢を崩した敵に斬撃を食らわせる」

「了解っす」

「シャロン！」

ロランは部隊で最も俊敏(アジリティ)の高い弓使い(アーチャー)に声をかける。

「君はマリナのアイテム支給を支援するんだ。遠くの位置にいる隊員にアイテムが必要になったらマリナからアイテムを受け取って届ける」

「了解」

「もし、『酸の粘状体(アシッドスライム)』と『弓矢を装備した死体(ゾンビ・アーチャー)』が両側から現れたら……」

ロランはその他にも隊員1人1人に細かい指示を出して、ステータスの消耗を互いにカバーできるように微調整した。

リックは息を整えながらロランの指示を聞いて、改めて畏敬の念を覚えた。

（メンバー1人1人の特性と消耗度に合わせてタスクの微調整まで。ただの鑑定士にできることじゃない。本当に……この人は一体……）

全ての指示を出し終えたロランは、もう一度メンバーのステータスをチェックする。

「もし、20階層まで辿り着いてもボスが現れなかった場合、一旦街に戻ってくるように」

（さて、僕は……ここまでだな）

15階層でロランは部隊から離脱した。

ロランから新たな指示を受けたモニカ達は瞬く間にダンジョンを攻略していき、アリク隊が15階層に辿り着く頃には、17階層に到達していた。


クエスト受付所の占星術部では、占星術師がダンジョンを監視していた。

（17階層に『ゾンビ・ウィザード』が出現したか）

水晶を通して、クエスト対象のモンスター出現を確認した占星術師は、傍らの書記官に語りかけた。

「17階層に『ゾンビ・ウィザード』が出現。32-41だ」

「は。17階層、32-41に『ゾンビ・ウィザード』」

書記官が白紙の用紙に地図と『ゾンビ・ウィザード』を書き加えていく。

この後、この地図はクエスト課に持って行かれ、報酬を決められた後、正式にクエストとして発表される。

書記官は地図と書状を持って、部屋を出て行った。

（まあ、おそらく意味は無いだろうがな）

占星術師はため息をついた。

『ゾンビ・ウィザード』の下にロランの部隊が向かっている。

案の定、1時間も経たないうちにシャクマの支援魔法によって『ゾンビ・ウィザード』は倒される。

(これでシャクマもAクラス冒険者か)

「君、先程の『ゾンビ・ウィザード』について追記だ」

占星術師は先程とは別の書記官に指示を出す。

「は。内容は？」

「討伐済みだ。すでに『ゾンビ・ウィザード』はダンジョン内にいない」

彼女はピクリと眉を動かして真顔になるが、すぐに自分の職務を思い出し、書状を認めた後、立ち上がり、クエスト課へと走って行く。

(それにしても凄い速さだな。ロラン隊)

先程からAクラス、Bクラスのモンスターが何度も立ち塞がっているのに、全く攻略ペースが落ちる気配がなかった。

アリク隊との差は広がるばかりだ。

(この分だと3日後には……ん？)

占星術師は水晶の中に突然灯った黒い影に眉を顰めた。

（黒い影。しかも大きい）

それは強力なモンスターが現れた証だが、彼は今まで勤めてきた中で、これほど大きな影を見たことがなかった。

（これは……12階層？　まさか！）

彼が目を凝らして、その部分をクローズアップすると、そこには全ての皮と肉がこそげ落ちて骨だけになったにもかかわらず歩いている巨竜が見えた。

（『スカル・ドラゴン』。やっぱり！　Ｓクラスモンスターだ!!）

「君！」

占星術師は残っている書記官に声をかけた。

「はい」

「『スカル・ドラゴン』が現れた」

「えっ？　それって……」

「Ｓクラスモンスターだ」

室内に緊張が走る。

「この案件は、私の一存でクエスト課に持って行くわけにはいかない。所長に連絡だ。急いで！」

書記官はバタバタと部屋を飛び出して行った。

すぐに所長を交えて対策が協議される。

クエスト受付所はSクラスモンスターの出現を大々的に報じて、討伐クエストへの参加者を募った。

ただし、クエスト受注には厳格な条件が付けられた。

Cクラス以下の冒険者は参加不可。

Bクラスでも上位レベルのみ。

Aクラスでも単独では不可。

無条件にクエストを受けられるのはSクラス冒険者のみ。

「皆さん！　Sクラスのモンスターが出現しました。それに伴い我々は早急に討伐クエストを受注してくださる冒険者を募集します。ただし、安易にSクラスモンスターには近づかないでください。並の冒険者では返り討ちにされるのがオチです。Cクラス以下の冒険者は決して『鉱山のダンジョン』12階層に近づかないでください。Bクラスでも危険ですのでクエスト受付所でステータスとスキルの『鑑定』を受けてからにしてください。今後は我々が認定した高クラス冒険者以外は『鉱山のダンジョン』に立ち入ることを禁止します。どうか皆さんの間でも他の冒険者の方々にこの情報を周知しておいてください。いいですか？　決して……」

「おいおい。Sクラスモンスターだってよ。お前どうする？」

「バカか。俺達の手に負える相手じゃねーよ」

冒険者達は口々にこのニュースを噂しあった。

そんな冒険者達に交じって、ディアンナはクエスト受付所のアナウンスに耳を傾けていた。

(クエスト受付所からの特別な報告だって言うから、なんのことかと思ったら。まさかSクラスモンスターが現れるなんてね)

しかし、どちらかと言うと気になるのは『鉱山のダンジョン』におけるアリク隊とロラン隊の戦いだった。

掲示板に示された両部隊の差は2階層に及んでいる。

「うわー。モニカさん達、もう17階層まで辿り着いたんだ」

(チッ。アリクの奴、旗色悪いわね。差が2階層になってるじゃないの)

ディアンナは苛立たしげに爪を噛んだ。

「……クラリア」

ディアンナは聞き慣れた声にハッとした。

「あら、ディアンナさん。またお会いしましたね」

「あなたも掲示板を見に来たの？」

「ええ。しがない使いっ走りですから。どんな雑用でもやらなきゃいけないんですよ」

クラリアはため息をつく。

「この後もお仕事が目白押しで。ほんと嫌になっちゃいますよ。かと言って少しでもサボればすぐクビになりそうですしねー」

ディアンナは少し不思議そうにする。

「あなた、ロランの愛人になったんでしょう？　少しくらい仕事免除してもらえばいいじゃない」

「何言ってるんですか。なってませんよ」

「そうなの？　秘書なんだから2人きりになる瞬間なんていくらでもあるでしょう？」

「それが全然なんですよ。ロランさん、ガード固くって。競争も激しいし」

「へえ。そうなの」

「まあ、何番目かに滑り込めればってとこですかねー」

クラリアは少しスレた調子で言った。

「あら、そう。それは残念だったわね。アテが外れて」

ディアンナは愉快そうに微笑(ほほえ)んだ。

「それはそうと、ねぇ、ディアンナさん。そろそろ頃合いじゃありません？」

「頃合い？　なんの？」

「ルキウスさんを捨てる頃合いですよ」

クラリアは声を潜めて、ディアンナの耳元で囁くように言った。

ディアンナは一瞬顔を強張らせる。

「ルキウスさん、はっきり言ってもう落ち目でしょう？　乗り換えの時期なんじゃありませんか？」

「……」

「こっちの味方になりません？　ロランさんは寛大ですよー。きっとあなたの無礼も水に流してくれるはずです」

「バカなこと言わないでちょうだい」

ディアンナは余裕を見せながら言った。

「見くびってもらっては困るわ。確かに少しばかり劣勢なのは認めるけど、このくらいで足場が揺らぐほど『金色の鷹』は……」

「ああ、そうですか。では結構ですよ。別の方に当たりますので」

そう言って、クラリアはさっさと向こうに行ってしまう。

（くっ。この小娘……）

Sクラスモンスター討伐クエストが発表された数時間後、『金色の鷹』本部に1人の男が招かれていた。

ルキウスは常にない丁重さでその男のことを迎える。

「よくぞ来てくださいました。ユガンさん」

ルキウスの前にはソファに背と腕をもたれさせ、足を組んでいる『三日月の騎士』のSクラス冒険者ユガンがいた。

『金色の鷹』に招かれたというのに大して光栄そうでもなく、むしろ不承不承といった感じだった。

ルキウスはユガンの態度に苛立ちを覚えるものの、どうにか自分を抑える。

(アリクが期待できそうにない今、もはやこいつに頼る他ない)

ダンジョン攻略において不利を悟ったルキウスは、狙いをSクラスモンスターに定めることにした。

Sクラスモンスターを討伐すれば、ダンジョン攻略に匹敵する利益を得られる。

出資者達もどうにか溜飲(りゅういん)を下げてくれるだろう。

そうしてクエスト攻略の手段を講じていたところ、折良く、Sクラスモンスターの出現を聞きつけたユガンがこの街に現れたのだ。

ルキウスはすぐ様ユガンにオファーを出して、ギルドまで来てもらった。

「あなたが我がギルドについてくだされば百人力ですよ。差し当たっては……」

「勘違いするなよ」

「えっ？」

「俺が依頼を受ける気になったのは、ひとえに金のためだ。お前らに与するつもりはない。名義は『金色の鷹』ではなく、あくまでも『三日月の騎士』で参加させてもらう」

ルキウスは内心で不満を感じながらも、どうにか微笑み続けた。

「2千万ゴールド」

「えっ？」

「前金として2千万ゴールドいただく。成功報酬として1億ゴールドだ」

（くっ。2千万ゴールドに1億ゴールドか）

「流石にそれはいくらなんでも法外では？」

「いやなら構わない。俺は仕事を断らせてもらうだけだ」

「……分かりました。なんとか工面しましょう」

その時、ギルド長の部屋に駆け込んで来る者がいた。

「ギルド長！　大変です。ジル・アーウィンがSクラスモンスターの討伐に……あっ、し、失礼しました」

伝令はルキウスとユガンが交渉中なのを見て、顔を青ざめさせた。

（くっ、このバカ、ユガンの前で余計なことを……）

ルキウスは伝令をジロリと睨む。

しかしユガンはむしろ愉快そうに伝令係に言葉をかけた。

「あー、いいよいいよ。ちょうどそのSクラスモンスターのことについてギルド長殿とお話ししていたところなんだ。で？　ジル・アーウィンがなんだって？」

「え、は、その……」

伝令係はルキウスの方にお伺いをたてるようにチラリと視線を移す。

「構わん。続けろ」

ルキウスは捨て鉢気味に言った。

「は、ジル・アーウィンが『魔法樹の守人』名義でSクラスモンスターの討伐クエストに名乗りを上げたとのことです。すでにクエスト受付所で承認を得て、ダンジョンに向かっています」

ルキウスは怒りに拳を握りしめる。

(おのれ、ジル。最後まで俺の邪魔をするのか)

「おいおい、ジル・アーウィンっていえば、確か『金色の鷹』期待の新人だったんじゃないのか？　そいつがSクラスモンスターを狙ってるって……、しかも『魔法樹の守人』名義で？　いいのか？　このまま俺がSクラスモンスターの討伐進めちゃって」

「問題ありませんよ。ジルの造反行為に対する法的措置はすでに進めています。それに、ククッ、それ以外にも彼女への手立てはすでに打っていますよ」

「ふーん？　そうなのか？」

ユガンはそう言って興味なさそうにしながらも、内心では呆れ果てていた。

（ギルドがバラバラじゃねーか。ギルド長とエースがこんなあからさまに対立してるとか聞いたことないぜ。なんかさっきからデモらしき声まで聞こえるし）

デモはルキウスの退任を叫んでいる。

（このギルドはもう長くねーな。貰うもん貰ってとっととズラかるのが一番か）

「ま、とにかく俺はSクラスモンスター討伐を進めていいんだな？　それじゃさっさと行かせてもらうぜ」

「ええ、一向に構いませんよ。俺は悪くない。悪いのはあの女なんだ」

ルキウスは俯きながら暗い笑みを浮かべていた。

（なんだこいつ。さっきから気味悪りぃな）

一方その頃、ジルは数人の支持者のみを連れて、ダンジョンの前に辿り着いていた。

「よし。行くぞ。Sクラスモンスター、『スカル・ドラゴン』を討伐しに！」

（もう、ギルドのしがらみも、私の命運すらどうでもいい。ロランさんの実力を証明する。そのために私は……）

ジルは覚悟を胸にダンジョンの中に潜っていく。

ジルが『鉱山のダンジョン』に入る頃、ダンジョンから帰還したロランは、24時間の睡眠を経て、目を覚ましていた。

また、クラリアの用意してくれた馬車に乗り込んで、一緒に『魔法樹の守人』に出勤する。

「『鉱山のダンジョン』ではモニカさん達が、17階層に到達しました。アリク隊はまだ15階層です」

「そうか」

ロランはそれを聞いてホッとした。

(よかった。モニカ達、僕がいなくてもちゃんとやれているようだな)

「他のダンジョンはどうなってる？」

「はい。『森のダンジョン』は現在、『魔法樹の守人』が9階層、『金色の鷹』も9階層を探索中です。『魔界のダンジョン』では『魔法樹の守人』が9階層、『金色の鷹』が8階層を探索中。全体的に見ても『魔法樹の守人』が優勢ですよ」

「『森のダンジョン』はまだ拮抗しているというわけか。念のため何か対策を講じた方が良さそうだな」

ロランは呟くように言った。

「それと、Sクラスモンスターなのですが……」

「!? やはり出たのか?」

「はい。『鉱山のダンジョン』の12階層に。すでにジルさんが向かっています」

「そうか……Sクラス装備の方は?」

「それが……、まだ完成していません。なのでジルさんは以前の装備のままで……」

(ステータス的には申し分ないから、Sクラスのモンスターと戦っても死ぬことはないだろうけど、果たして討伐までいけるかどうか……)

「分かった。それじゃ、僕は『魔法樹の守人』でギルド長と会った後、『精霊の工廠』に向かうよ」

「『精霊の工廠』に?」

「ああ。Sクラスモンスターはすぐには討伐できない。恐らく数日がかりの作業になるだろう。間に合うかどうか分からないけど、Sクラスの武器が完成したらすぐジルに届けられるように準備しておきたいんだ」

「分かりました」

その後、ロランは『魔法樹の守人』本部でリリアンヌと会って、ダンジョンについての対策を講じた。

『鉱山のダンジョン』は現状の優位を維持して、20階層で一旦モニカ達が帰って来たら追加戦力を配備できるように準備しておくこと。

拮抗している『森のダンジョン』にはリリアンヌが加わること。

『魔法樹の守人』にはロランが残り、ギルド長代理を務めること。

それらを決めると、ロランは『精霊の工廠』に向かった。


打ち合わせ通り、『森のダンジョン』から部隊が帰ってくると、補充要員とともにリリアンヌが部隊に加わって再度ダンジョンに潜入した。

補充要員の中にはレリオの姿もあった。

ロランは2人をダンジョンの前まで見送る。

「ギルド長は指揮官としても一流だ。レリオ、勉強させてもらえ」

「はい」

リリアンヌはダンジョンを前にして、緊張よりもむしろ、ギルド長の業務から解放され、安堵を覚えていた。

(やはり私の本分は冒険者ですね)

「では、リリアンヌ隊行きましょう」

リリアンヌがそう言って、ダンジョンに潜っていく。

リリアンヌとレリオが部隊に加わると、今までかろうじて拮抗していた両ギルドの均衡は崩れ始め、『魔法樹の守人』がリードを広げ始めた。

その次の日には、モニカ達が20階層から街へ帰って来た。

24時間の睡眠を経て、再びダンジョンへと向かう。

20階層もの間をハイペースで駆け抜けてきたにもかかわらず、モニカ、シャクマ、ユフィネの3人は元気だった。

リックとマリナは1日では回復できなかったので、一旦部隊から外れて『魔法樹の守人』で待機する。

ロランはその他にも部隊から外れるメンバーを指名して、『魔法樹の守人』本部に待機させた。

それから2日後ようやくアリク達が20階層から街に帰還した。

必死でモニカ達を追いかけるアリクだったが、その差は一向に埋まらなかった。

それは絶望的なまでの差だった。

（部隊の運用でも全く敵わない。これが解放されたロランの真の力なのか）

魔力の使えなくなったアリクは剣を振るってどうにかダンジョン攻略に貢献したが、足手纏い感は拭えなかった。

1日の回復期間をおいてもステータスが全快することはなく、アリクは部隊から離脱することになった。

それでも何かできることはと思い、せめてダンジョンの前まで自分の部下達を見送ることにした。

ダンジョンに向かう道中で彼らが見たのは、『魔法樹の守人』の『峡谷のダンジョン』攻略部隊だった。

「あれは……？　『魔法樹の守人』の部隊か？」

「『峡谷のダンジョン』へ向かうようですね」

「さあ、皆さん行きますよー」

シャクマが先頭に立って部隊を率いていた。

「あれは……、ロラン隊に所属していた支援魔導師か？」

「なぜ彼女が『峡谷のダンジョン』に？」

それを見てアリクはロランの意図を悟った。

『鉱山のダンジョン』における趨勢は決まった。

もはや、Aクラス冒険者を3人も投入する必要はない。

(ロラン、もはや、俺には全力を出す価値すらないというわけか)

「くっそおおおおお」

その2日後、モニカ達は危なげなく26階層のボス、『ゾンビ・キング』を倒して、『鉱山のダンジョン』を攻略した。

ダンジョンが現れて10日目のことであり、ダンジョン攻略の最短記録だった。


「『魔法樹の守人』が『鉱山のダンジョン』を攻略しましたー」

クエスト受付所の職員が掲示板の前で報告する。

冒険者たちの間で歓声が沸き起こった。

「うおお、早い！」

「早過ぎる！」

「記録更新かよ」

ディアンナは青ざめた顔で掲示板を見ていた。

（ウソでしょ。こんなに早く攻略するなんて）

他の2つのダンジョンも軒並み『魔法樹の守人』が優勢だった。

しかもこれからは、ロランの部隊に所属していたAクラス冒険者達が他の部隊にも合流するのだ。

情勢はますます悪くなること必至だった。

「あらあら大変ですね。ディアンナさん」

「あなた……クラリア……」

「ダンジョンを３つも取られて、出資者の方々はお冠なんじゃないですか？

「今月の収入ほぼゼロでしょう？」

「まだ……まだＳクラスモンスターの討伐が残っているわ」

「それだってジルさんが先行しているようですし。決して盤石じゃないでしょう？　それに……」

クラリアはディアンナの耳元に口を近づけた。

「『精霊の工廠』はついにＳクラスの装備を開発したんですよ」

「!?」

「悪いけれど、今月は全部うちがもらいますね。私のロランさんが全部……ね」

クラリアはニヤリと勝利の笑みを見せた。

ディアンナは自分の足下がガラガラと崩れていく音が聞こえるような気がした。

ただ、クビになるだけでは済まない。

ディアンナはルキウスのしていた会計処理に関する不正のアレコレにも関与していた。

もし、それが発覚すればどうなるのだろうか。

犯罪者として追われる。

ルキウスと一緒に夜逃げする。

貧困に喘ぎ、世間の目に怯えながら、逃げ回る毎日。

（イヤよ。そんなの。なんとか、なんとかしなければ）

しかし、事ここに至っては手立てなど何も無かった。

「あ、それじゃあ私そろそろ行かなくちゃ」

クラリアは時計を見ながら言った。

「ディアンナさん。これから大変だと思いますが、就職活動頑張ってくださいね。私はいつも応援していますよ。それじゃ」

ディアンナは呆然としながらクラリアの背中を見た。

しかし、すぐにハッとしてクラリアを追いかける。

「待って！」

ディアンナはクラリアの背中に必死で呼びかけた。

「お願い。ロランに会わせて！　ルキウスのしてる不正、弱み、なんでも話すわ。ルキウスの不利になることとならなんでもするから！」

モニカ達が『鉱山のダンジョン』を攻略した頃、ジルは11階層に辿り着いていた。

（鉱山からゴーストが逃げて行く……。ロランさんの部隊が『鉱山のダンジョン』を攻略したのか。最短記録を更新したんじゃないか？）

モンスター達がダンジョンを去って行く。

しかし、それにもかかわらずジルは感じていた。

Sクラスモンスターの存在を。

『スカル・ドラゴン』の敵意は弱まるどころかむしろどんどん強くなっているような気すらする。

「ふっ。ダンジョンの主が去ったというのに、まだ居残るとは。最短記録でダンジョンをクリアされたのが余程気に障ったか？」

ビリビリと空気が震えている。

1階層先にいる敵だというのにすでに殺気が伝わってきた。

人間の血が欲しくてたまらないようだ。

ジルはかつてないほどの強敵を前に武者震いしながら、ダンジョンを進んでいった。

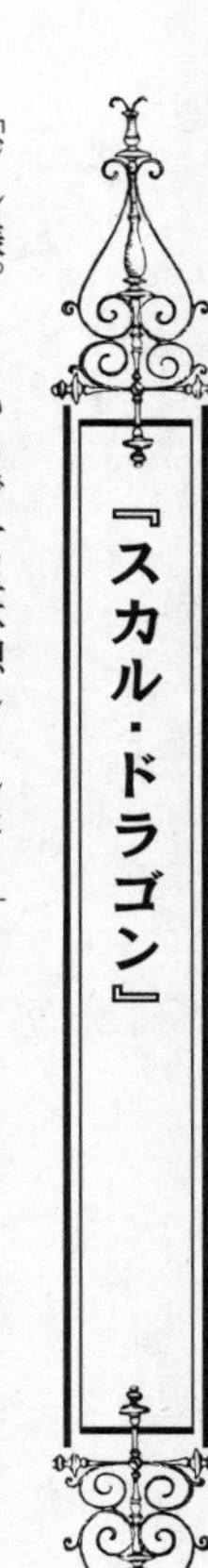

『スカル・ドラゴン』

「ジル様。ここいらで一旦休憩しましょう」

「うむ。そうだな」

『鉱山のダンジョン』11階層を進むジルは、引き連れて来た従者達と共に足を止めた。

彼らは『金色の鷹（たか）』の会員だが、ジル派に賛同し、集結してくれた者達だった。

今回の『スカル・ドラゴン』討伐クエストにおいても、喜んでジルのサポートを引き受けてくれた。

無尽蔵に近い体力（スタミナ）を持っているジルは、1人でダンジョンを踏破することも可能だが、なるべく、ベストなコンディションで挑みたかった。

今回はSクラスモンスターの討伐。

そのために従者達にはポーション他アイテムの運搬を頼んでいた。

「どうぞ。ポーションです」

「ありがとう」

ジルは従者の1人、ミルコからポーションを受け取った。

ミルコはジルの弟分のような存在で、ジルが下級会員の頃から可愛（かわい）がっていた後輩だ。

今回のジル派立ち上げの際にも、いの一番に駆けつけてくれた。

「すまない。本職のアイテム保有士でもないのにこのようなことをさせてしまって」

「いえ。気にしないでください」

「これ以上、ルキウスに好き勝手させないためにも、ジル様にはこのクエストを必ず成功させてもらわなければ」

「……ありがとう」

(彼らのためにもこのクエスト、必ず成功させなければ)

一行が休んでいると、ふと遠くから地響きが聞こえてきた。

「なんでしょう？　この音は？」

ミルコが首を傾げながら言った。

「『スカル・ドラゴン』だ」

ジルが短く切るように言った。

立ち上がって素早く臨戦態勢になる。

「ボスがダンジョンから去った今、こんな大きな音を出せるのは、『スカル・ドラゴン』しかいない」

「『スカル・ドラゴン』は12階層にいるはずなのに。なぜ11階層に……。まさか！　階層を下りて!?」

「おそらくな」

「そんな、では『スカル・ドラゴン』は街に向かっているということですか？」

「10階層には街へと帰還するための魔法陣がある。我々がここで食い止めなければ、『スカル・ドラゴン』は街に解き放たれることになるぞ」

ジルの言葉に従者達はゴクリと息を呑んだ。

ここ数年、街にモンスターが現れることなどなかった。

もし、街に『スカル・ドラゴン』が解き放たれれば、対巨大モンスター用の備えなどない冒険者の街は、ひとたまりもなく蹂躙されてしまうだろう。

ふと、先程まで断続的に聞こえていた足音が止む。

「みんな、隠れろっ」

ジルが叫んだ。

彼らは戸惑いながらも急いで近くの坑道に駆け込んで、身を潜める。

すかさず大地を巨大な影が覆った。

そしてすぐ様、骨の矢が雨あられと降り注ぐ。

「う、うわぁ！」

逃げ遅れた従者の1人が悲鳴をあげる。

彼が死を覚悟したその瞬間、ジルが彼の前に立ち塞がって、盾で骨の矢を受け止めた。

5本の骨の矢は彼女に傷一つつけることなく、跳ね返って、地面に力なく落ちる。

「ジ、ジルさんっ」

「逃げろ！　急いで、早くっ！」

「は、はい」

大地を揺るがす地響きとともに、骨のみとなった巨竜が、翼を畳みながら舞い降りた。

坑道に逃げ込んだ5人は、身を隠し顔だけを出して『スカル・ドラゴン』の方を覗(のぞ)き見た。

（デカイ……）

それは『塔(タワー)のような土人形(ゴーレム)』と同じくらいの長身を誇っていた。

しかし、『スカル・ドラゴン』の特異性はそればかりではない。

飛び道具、骨の矢を放つ上に、機動力も高かった。

（さっきまで地響きは、はるか遠くから聞こえていたのに。一瞬でここまで飛んできたのか。あの巨体で、なんて速さ）

ミルコは背筋が寒くなるのを感じた。

何をどうやってもこの化け物から、逃れることはできない。

もしジルがやられれば、この場にいる者は全滅するだろう。

「ふっ、相手にとって不足なし」

ジルは久し振りに全力を出せる相手、たとえ全力を出しても勝てるかどうか分からない相手を前にして、爛々と瞳を輝かせる。

『スカル・ドラゴン』はその瞳、というよりもかつては瞳があった場所、今はただただ虚空がそこにあるだけの場所をジルに向けて、思案するかのように一瞬ピタリと止まる。

ジルは剣と盾を構えた。

瞬間、『スカル・ドラゴン』はその巨体に似合わぬ俊敏さで、一歩ステップを踏み、全身の骨を鞭のようにしならせ、その骨になっても残っている爪を繰り出した。

(速いっ、かわせないっ!?)

ジルは反射的に盾で受け身をとるが、あえなく吹き飛ばされ建物の壁に打ち付けられる。

ジルのぶつかった建物は粉砕され、ガラガラと壁が崩れ、もうもうと土煙を上げた。

ミルコ達は呆然としてその様を見る。

(う、うそだろ。ジル様が一撃で……)

『スカル・ドラゴン』はミルコ達の方を見据える。

「ひぃっ」

「お、おい。冗談じゃないぞ」

『スカル・ドラゴン』が先程と同じ技をミルコ達に対して放とうとした時、『スカル・ドラゴン』の頭上に赤い影が舞い、剣を振り下ろす。

『スカル・ドラゴン』はかろうじて右の翼で受け止めた。

「っ、硬いっ」

ジルは思いの外、硬い手応えに顔をしかめる。

（翼を両断できると思ったのに。わずかに砕いただけか）

「それならっ」

『スカル・ドラゴン』は着地したジルに向かって爪を振り回したが、今度は綺麗に盾で受け流される。

（もらった！）

ジルは盾を手放し、その伸びきった腕に対して両手で掴んだ剣を振り下ろした。

骨が砕け、辺りに白い破片が飛び散る。

（手応えアリ！）

ジルの斬撃は『スカル・ドラゴン』の左手首を切断した。

たまらず『スカル・ドラゴン』は背後に跳躍し、ジルと距離をとる。

ジルも深追いはせずに、先程自分を吹き飛ばした爪攻撃をかろうじて避けられる距離を保ちながら盾を拾う。

しかし、そうしているうちにジルが砕いたり、たたき折ったりした骨がひとりでに動いて、『スカル・ドラゴン』の元の場所に収まって繋がる。

たちまちのうちに『スカル・ドラゴン』は元の姿を取り戻した。

「ふー。やはり骨をいくら砕いても無意味か」

ジルは『スカル・ドラゴン』の最も太い骨、肋骨と背骨の間、おそらく生前は心臓のあった場所、そこで怪しく紫色に光るコアに目を凝らす。

(あのコアにダメージを与えるしかない。肋骨で守られているから、一撃では無理だ。連続で攻撃を浴びせないと)

ズキリと胸元に鈍い痛みが走る。

(くっ。先程のダメージが響いているな。すっかり体力を削られてしまったか)

ジルは苦しい顔を見せないように歯を食いしばった。

(次、さっきと同じ攻撃を受けたら、果たして立っていられるかどうか……)

すかさず、『スカル・ドラゴン』は踏み込む動きを見せる。

ジルは走り出した。

鎧を纏っているとは思えない俊敏さだったが、『スカル・ドラゴン』の攻撃をかわすのはギリギリだった。

先程までジルの立っていた地面には禍々しい爪痕が残る。

(これは、ちょっとでも油断すればやられるな)

ジルが『スカル・ドラゴン』と遭遇している頃、『鉱山のダンジョン』をクリアしたモニカは、24時間の睡眠を経て、『魔法樹の守人』本部で目を覚ましていた。

食堂で軽食をとった後、受付に向かう。

「モニカさん、今月の撃破数ランキングに載っていましたよ」

受付の人がクエスト受付所から発行される、撃破数ランキングをモニカに渡す。

「あ、どうも」

モニカがランキングを見ると、1位には、堂々と『モニカ・ヴェルマーレ』の名前が載っていた。

(よしっ、暫定1位)

モニカは片手でガッツポーズを取る。

2位との差は20体以上にも上った。

(本当に今月は撃破数1位を取れるかも。撃破数1位を取ればロランさんも少しは褒めてくれるかな？　ふふっ)

「暫定1位おめでとうございます」

「あ、クラリアさん、ありがとうございます」

「お目覚めのところ早速で申し訳ないのですが、ロランさんからの指示をお伝えしてもよろしいでしょうか」

「はい。お願いします」

クラリアがロランの秘書になってから、モニカのところにもクラリア経由で連絡や指示が来ることが多くなっていた。

「ステータスに余裕があれば、『峡谷のダンジョン』から帰ってきた部隊に合流するように、とのことです。そして、ダンジョンを攻略するのはもちろんのこと、撃破数1位を狙うようにとのことです」

「はい！」

（ロランさん。撃破数1位の約束覚えていてくれたんだ）

モニカはそれだけで嬉しくなった。

どれだけ忙しくなっても、ロランは自分のことを気にかけてくれている。

（ようし。頑張るぞ）

モニカは改めて気合を入れ直した。

実際、手応えとしてはいける感じがした。

『串刺』のおかげで、モニカのモンスター撃破数はかつてない数に達している。

しかも今月は3回もダンジョンに潜ったにもかかわらず、疲れるどころかまだまだ余力を残していた。

ダンジョン探索距離においても街で一番だろう。

これなら十分撃破数1位に手が届く。きっと期待に応えてみせます）

（見ていてください、ロランさん。きっと期待に応えてみせます）

モニカはロランのくれた『銀製鉄破弓』をぎゅっと握り締める。

「それはそうと、ロランさんは今どこですか？　『精霊の工廠』？　それともクエスト受付所ですか？」

「ロランさんは『鉱山のダンジョン』に向かいました」

それを聞いてモニカはキョトンとした。

「『鉱山のダンジョン』？　どうして？　『鉱山のダンジョン』はもう私達がクリアしたのに」

「実はSクラスモンスター、『スカル・ドラゴン』が現れたんですよ」

「『スカル・ドラゴン』!?」

「ええ、それでジルさんが先行していて……」

「ジルさん!?　ジルさんっていうと、もしかして『金色の鷹』のジル・アーウィンさんのこと!?」

「あ、はい。そうです。ジルさんは今、『魔法樹の守人』の傘下に入っていてですね。それでSクラスモンスターの討伐に参加しているところなんです。ただ彼女は、『精霊の工廠』の開発していたSクラス装備が完成する前にダンジョンに入ってしまわれて。そういうわけで現在、ロランさんは完成したSクラス装備を届けるため、ジルさんを追ってダンジョンに潜ったというわけです」

「ジルさんを追って……」

モニカはジルの名前を聞いて、なんとなく胸がざわざわするのを感じた。

ロランとジルが2人っきりで行動していたのを思い出す。

（ジルさんとロランさんは本当にただの師弟関係なのかな）

モニカは慌てて、浮かんだ考えを振り払った。

（いけない、いけない。私は自分の任務に集中しなきゃ。撃破数1位を目指すんだもの。ジルさんのことなんて気にしてる暇はないわ）

モニカは服の胸元をぎゅっと摑んで心を落ち着けた。

（撃破数1位になればロランさんもきっと私を認めてくれるはず。そうですよね、ロランさん）

モニカは不安を心の奥底に押し込めて『峡谷のダンジョン』へと向かった。

ロランは『精霊の工廠』の廊下を落ち着きなくウロウロしていた。

その顔には焦りと苛立ちが浮かんでいる。

彼の脳裏ではディアンナとの会話が反芻されていた。

「『魔法樹の守人』に加入したい？」

「ええ。そうよ」

ディアンナはニコニコと愛想を振りまきながら言った。

「仕事は……そうね、あなたの秘書になりたいわ」

これには流石のロランも呆れてしまった。

「ディアンナさん。あなた自分の立場分かってます？」

「ええ、もちろん。よく理解してるわよ。私はルキウスの側近。そっち側に加われば、あなたにとって計り知れない利益があるんじゃなくって？」

「数週間前なら、ね。しかし、今や趨勢は決まっています」

「私はルキウスを追い落とすための情報を沢山持っているわよ」

「もはやルキウスに後がないことは分かっています。ルキウスを追い詰めるのに、あなたの助けは必要ありませんよ」

「あらそう。では、こういうのはどうかしら？　ジルに危機が迫っているわ」

「……なんだって？」

ロランの顔が強張る。

「やっぱりそれは知らなかったようね」

「どういうことだ？　一体どうして……」

「ルキウスが刺客を放ったのよ。手筈通り行けばジルがダンジョンから帰ってくることはないでしょう」

「バカな。ジルがそんじょそこらの冒険者に殺られるわけ……」

「とはいえ、Sクラスモンスターと戦いながらじゃね」

「教えろ。ルキウスは一体何を……」

「あら、それを言ったら交渉にならないじゃない」

ディアンナはあやすように言った。

「ジルの危機について知りたければどうすればいいか。分かるわよね？」

ロランは廊下の壁を叩いた。

「くそっ」

（ジル。無事でいてくれ）

「ロランさん。できました。Sクラス冒険者用の装備『破竜槌』です」

チアルとドーウィンが台車に載せて、Sクラスの武器を運んで来る。

「よし。マリナ！」

「はい！」

側のソファで休んでいたマリナがピョコンと飛び上がる。

「『装備保有』だ。この装備を持ち運びできるのは君しかいない」

「はい。では慎んで……。うごっ、重っ。な、何ですかコレ。『装備保有』の容量ほとんど使っちゃってるんですけど」

マリナはまるで胃袋に何かが詰まっているかのように青ざめた顔になる。

マリナはすでにAクラス相当のアイテム保有士だったが、それでも相当苦しいようだ。

とにもかくにも、ロランは具合の悪そうなマリナ及び、急いでかき集めたBクラス冒険者達を引き連れて、『鉱山のダンジョン』に潜入するのであった。

（ジル……間に合ってくれ）

ジルと『スカル・ドラゴン』の戦いは続いていた。

戦いが始まってからもうかれこれ5時間は経っているだろうか。

お互いに張り詰めるような神経戦を繰り広げていた。

ジルは豹のような速さで走りながら『スカル・ドラゴン』の側面に回り込もうとする。

しかし、『スカル・ドラゴン』の方もさるもの。

その巨体に見合わぬ俊敏を発揮して、ジルの斬撃をギリギリでかわす。

（くそっ。なんて嫌な間合いを）

ジルは先程から自分に有利な間合い、『スカル・ドラゴン』の攻撃をギリギリ紙一重でかわし、一歩の瞬発力で踏み込めるそんな間合いで戦おうとしていたが、『スカル・ドラゴン』がそうさせてはくれなかった。

『スカル・ドラゴン』は器用にステップして、意外な小回りの良さを見せる。

そしてともすればジルの側面に回り込もうとした。

（こんのっ、デカくて強いんだから、俊敏くらいこっちに譲りなさいよ）

ジルが翼の先を狙って剣を振るった。

しかし踏み込みが甘かったようだ。

『スカル・ドラゴン』はジルの死角に回った上で、骨の尻尾を鞭のようにしならせる。

（ヤ、ヤバイ）

ジルは見えないところから攻撃が来るのを感じた。

転がってかろうじてかわす。

次いで骨の矢が飛んで来た。

ジルの鎧に何本かが当たる。

（大丈夫。骨の矢なら鎧でもガードでき……）

ピシッと金属が軋む微かな音がジルの耳に響いた。

（えっ？）

ジルがサッと自分の鎧に視線を這わせると、ヒビが入っている。

（ウソだろ!?　もう鎧が限界？）

すかさず『スカル・ドラゴン』が口から骨の矢を大量に浴びせてくる。

「くっ」

ジルは急いで回避する。

（次、鎧に攻撃が当たれば、ヤバイ。どうにか『アースクラフト』を……）

しかし、『スカル・ドラゴン』は攻撃の手を緩めてはくれなかった。

『スカル・ドラゴン』はジルがどの距離にいようと攻撃手段を持っていた。

（ぐっ。動きを止めたら終わりだ。でもこのままじゃ……）

そのうちジルは壁に追い詰められる。

「しまっ……」

『スカル・ドラゴン』が骨の矢を吐こうとする。

首をのけぞらせて予備動作に入った。

（壁を破ってかわすか？　ダメだ。間に合わない）

その時、黒い飛来物が飛んできて、『スカル・ドラゴン』に三日月形の斬撃が浴びせられた。

『スカル・ドラゴン』の頭部が破砕される。

斬撃を浴びせた黒衣の剣士は、近くに着地した。

「っと、どうにか間に合ったってとこか？」

「なっ、あなたは……『三日月の騎士』ユガン!?」

「ん？　お前が『金色の鷹』のジル・アーウィンか」

「ユガン殿、なぜあなたがこのような場所に……まさか！」

「そのまさかさ。ルキウスの依頼を受けてこの骨トカゲを討伐しに来たのさ。っと」

ユガンは飛んで来た『スカル・ドラゴン』の骨の矢を剣で薙ぎ払う。

ユガンが破砕したはずの頭部はいつの間にか再生している。

（ぶっ壊したはずの頭部が元どおりになってやがる。やっぱ、心臓に直接攻撃しなきゃダメか）

「活きのいい『スカル・ドラゴン』だなオイ！」

ユガンは尋常ではない速さで、『スカル・ドラゴン』の懐に飛び込む。

（速い！）

「もらった」

ユガンは分厚い骨を突き破る突きを繰り出したが、『スカル・ドラゴン』は肋骨を膨張させて防ぐ。

ユガンの突きは心臓にまで到達せずに止まる。

「なにぃ!?」

『スカル・ドラゴン』は肋骨を自らパージして、ユガンがバランスを崩しているうちに飛び立って逃げてしまう。

「ヤロウ。待ちやがれ」

ユガンは急いで追いかけた。

(助かった……のか?)

ジルは思わずその場にくずおれる。

「ぐっ、ハァハァハァ」

先程までほとんど無呼吸で動いていたジルは急いで深呼吸する。

(これがSクラスモンスター。何とかやれているが……、予想以上の強さだ)

「ジルさん。大丈夫ですか?」

従者達が駆け寄ってくる。

「あ、ああ、済まない。『アースクラフト』をくれないか」

「はい」

従者の1人が懐から『アースクラフト』を取り出そうとする。

「待て。まずはポーションからだ」

ミルコが『アースクラフト』を取り出そうとする男を制して言った。

「えっ?　あ、ああそうだな」

ジルにポーションが手渡される。

「すまない。ありがとう」

ジルはポーションを受け取り飲み干す。

少しだけ体力（スタミナ）が回復した。

それで予想以上に体力（スタミナ）を消耗していることに気づく。

「すまない。もっとポーションをくれ」

「はい。どうぞ」

ジルは瞬く間にポーションを飲み干す。

（甘かったか。いくらロランさんに鍛えてもらったとはいえ、あのまま戦っていれば負けていたな）

「大丈夫ですか？」

ミルコが顔を覗（のぞ）き込んでくる。

「ああ」

ジルは起き上がる。

そして、すぐに側の地面に刺していた剣を手に取った。

「まさか。まだ、戦いに行くのですか？」

ミルコが驚いたように言った。

他の従者達も一緒に止めようとする。

「無茶ですよ。ステータスも消耗しているんでしょう？」

「分かっているんですか？　これからは奴と、あのユガンとも戦わなければいけないんですよ？」

「分かっている。だが、行かなければならない」

（証明しなきゃいけないんだ。ロランさんの実力を。それさえできれば、私はこの命なんて惜しくない）

「だいぶステータスを削られたが、まだ十分残っているはずだ。鎧さえ回復すれば、まだ戦える。『スカル・ドラゴン』だろうと、ユガンだろうと倒してみせる」

一同、ジルの意志の強さに黙り込んでしまう。

「分かりました。そこまで言うのなら止めません。ただし我々も付いて行きますよ」

ミルコが言った。

「ミルコ、しかし……」

「分かっています。我々ではポーションを運ぶことくらいしかできないってことは。しかし、それでも我々だってこのまま、ルキウスのいいようにさせたくはないのです」

「ミルコ……」

「邪魔しないように慎重に行動します。その代わり、ヤバくなったらすぐに撤退してください。微力ながら我々が補給を手伝います」

「ありがとう。お前達がいてくれれば、私もより長く戦うことができる」

ジルは『アースクラフト』を使おうとする。

「待ってください。『アースクラフト』を使う前に。ギルド長に頼まれたことがあって
……」

「ギルド長？」

「ええ、あなたの暗殺です」

ミルコはジルの脇腹、ヒビ割れた部分を剣で刺した。

「なっ⁉」

「おっ、おい⁉」

「ミルコ、お前何を⁉」

他のメンバーもミルコの突然の行動に慌てふためく。

その隙にミルコは鎧を脱いでその下に隠していた本当の姿を現した。

そこには暗殺者(アサシン)用の忍び装束を着込んでいた。

ミルコは懐から取り出した暗器を他の従者達に浴びせて、瞬く間に惨殺する。

「ミルコ、貴様ぁ！」

ジルが剣を振りかぶろうとすると目眩(めまい)に襲われる。

（体が言うことをきかない。これは……毒？）

ジルは膝をつき、そのままうつぶせに倒れてしまう。

ミルコはニヤニヤとしながら、ジルを上から眺める。

「くくく。この猛毒でも即死しないとは、流石はSクラスの資質を持つ重装騎士。だが、それ以上はもう動けまい。残念だったなぁ、ロランさんのためにSクラスになれなくて」

ミルコは今やその本性を隠そうともせず酷薄な笑みを浮かべていた。

ジルは悔しそうにミルコを睨みつける。

（ミルコはいの一番に私の下に、ジル派の下に馳せ参じてくれた。ということは……）

「まさか、貴様初めから……」

「そう。初めからスパイ行為をするためにジル派とやらに入ったのさ。ルキウスに依頼されてたな」

「くっ」

「おっと、大人しくしな」

ミルコはジルの頭を踏みつけた。

「あうっ」

ジルは弱々しい声を上げた。

地面にその美しい顔を押し付けられる。

ミルコはジルの鎧の留め金を外して、内側の衣以外何も纏わない状態にした後、その美しい髪を引っ張って無理やり顔を上げさせる。

ミルコに踏みつけられたせいで、ジルの顔は見るも痛々しい有様だった。

美しい髪には踏みつけられた跡がつき、頬は砂埃で汚れ、切れた唇の端には血が滲んでいた。

「ミルコ、分かっているのか。ダンジョン内でこんなことをすれば……」

「なぁにご心配には及びませんよ。俺は暗殺者。人を殺しては金をもらい、名前を変え、街から街へさすらう根無し草さ。金さえもらえばすぐにこの街から逃げさせてもらいますよ。ただし……」

ミルコは下卑た笑みを浮かべながら、ジルの下半身を舐め回すように見る。

それはもうずっと以前から、隙があれば盗み見て、目の保養にしていた極上の逸品だった。

「その前にじっくり楽しませてもらわなきゃなぁ」

ミルコはジルのその豊かな肢体に手を伸ばす。

「っ、触るなっ」

ジルは渾身の力でミルコの手を振り払い、ナイフを抜いて斬りかかろうとする。

「うおっ」

ミルコは驚きながら飛び退いてジルの反撃をかわした。

「驚いた。まだそんなに動けたとは。うっ」

すぐそばで地響きが聞こえた。

『スカル・ドラゴン』が再び近づいてきているようだ。

「ちっ。長居はマズイか」

ミルコは名残惜しそうにジルを眺める。

「殺せというのが、ルキウスからの依頼だったが。まぁ、どうせその状態で長くは保つまい。後は……」

ミルコは傍らに落ちているジルの剣を拾って、破壊した。

「あ、あぁっ」

(剣が……ロランさんにもらった私の剣が……)

「ま、証拠はこいつで十分だろ」

ミルコは折れた剣を懐にしまって立ち去って行く。

「ま、待て。ミルコ!」

「ずっと以前から言おうと思っていたがな。もっと人を疑うことを覚えた方がいいぜ。じゃあな」

「ぐっ、待て。ミルコ、ミルコ!」

ジルは必死でミルコを追いかけようとするが、足がいうことをきかなかった。

おまけに意識まで朦朧としてくる。

（くそっ、ダメだ。私はまだ何も）

ジルは歯を食いしばって耐えようとする。

（あの人に、ロランさんにまだ何も返せていないのに）

しかし、無情にも毒はどんどんジルの体を蝕んでいく。

ついにジルは立っていることもできなくなり、地面に横たわってしまった。

やがて呼吸をすることもままならなくなり、意識も遠くなっていく。

「うぅ、ロランさん……」

（申し訳ありませんロランさん。あなたは私に沢山のものを与えてくださったのに。私は何一つ返すことができなかった）

ジルは途切れ行く意識の中、ロランとの思い出を振り返った。

初めて会っていきなり、才能があると言ってくれたこと。

夜遅くまで訓練に付き合ってくれたこと。

専用の装備を買ってくれたこと。

自分のために上位クエストに参加できるよう上司に掛け合ってくれたこと。

『金色の鷹』で誰もがジルを見限る中、才能を認めてくれたのは彼1人だった。

(こんなことならもっと早く恩返ししておくんだった。ロランさん、ごめんなさい)

ジルは自分の名を呼ぶ声が聞こえた。

(とうとうお迎えが来たようだ)

ジルは魂が体から離れるのを待った。

しかし、実際にはいつまで経っても天国に旅立てない。

体から力が抜けていくどころか、むしろ活力が湧いてくるのを感じた。

意識は薄れていくどころか、覚醒していく。

(なんだ? 力が湧いてくる)

相変わらず、自分を呼ぶ声が聞こえる。

声はどんどん大きくはっきりと聞こえるようになってきた。

「ジル。ジル」

ジルが目を開けると、そこには自分を覗き込んでいるロランの顔が見えた。

「ロラン……さん?」

「よかった。間に合ったみたいだ」

「一命は取り留めたみたいですね」

傍らから別の声が聞こえた。

そちらに目を向けると治癒師の恰好をした男がいる。

彼が解毒及び回復をしてくれたようだった。

「ロランさん、どうしてここに？」

「ディアンナが教えてくれたんだ。ルキウスが暗殺者（アサシン）を君に差し向けているって」

「そうですか。ディアンナが……」

ジルは肺の機能が正常に戻っていくのを感じた。

呼吸が痛い。

自然と涙がこぼれる。

「ジル？」

「よかった。ロランさん、もう会えなくなるかと」

「……ああ、君が無事でよかった」

その時、静寂を破るようにズシンと地響きが鳴った。

「これは、『スカル・ドラゴン』の足音？」

ジルはガバッと起き上がる。

そしてすぐにフラついてしまう。

「うっ」

「ジル、大丈夫かい？　さ、摑（つか）まって」

ロランは肩でジルを支えた。

「ロランさん、状況は？」

「『スカル・ドラゴン』は健在だ。誰かと戦っているみたい」

「おそらくユガンです。暗殺者に不覚をとる前に少しだけ接触しました」

「ユガン!?　ユガンっていうと、『三日月の騎士』のユガン？」

「はい。彼はルキウスに雇われているようです」

「そうか。ルキウスの奴、そんな大物を雇っていたのか」

「ロランさん、私を『鑑定』してくださいませんか？」

「えっ!?」

「まだ私に戦う力があるのかどうか。どうすれば戦えるのか」

「まさか、今から『スカル・ドラゴン』と戦う気なのか？」

「もちろんです。ルキウスに、ロランさんの手柄を不当に奪い、貶めたあの男に、これ以上何一つ与えてはなりません。Sクラスの称号はあなたが受け取るべきものです。そのためにも、ロランさん、もう一度、もう一度だけ私に戦う力をください」

「ジル……」

ロランはジルを『ステータス鑑定』した。


【ジル・アーウィンのステータス】

腕力(パワー)：70－110
耐久力(タフネス)：80－120
俊敏(アジリティ)：70－105
体力(スタミナ)：80－200

（毒によって大分ステータスを削られたみたいだな。一般的な数値を鑑みれば十分高いステータスだが、とてもSクラスとは言い難い。せいぜいAクラスってとこか。だが……）

「ジル……今の君の基本ステータスはいずれも100を下回っている。とてもじゃないが『スカル・ドラゴン』に太刀打ちできない」

「そんな……」

「ただし、一瞬だけなら別だ」

「えっ!?」

「君のステータスは今、乱調を来している。しかし、最高値は依然として100を超えている。一瞬のチャンスにかけて、全力を引き出すことができれば、あるいは『スカル・ドラゴン』を倒すことができるかもしれない」

「一瞬のチャンスに……全ての力を出し切る……」

「マリナ、例のモノを！」

「は、はい」

マリナはアイテム袋から鎧と剣を取り出して、そのまま地面に落とす。

ズシンと不自然なほど鈍い音を出しながら、鎧と剣は地面にめり込んだ。

その音だけで、ジルはその装備が未だかつてないほど密度の高い物質で作られたものだと分かる。

「ロランさん、これはまさか……」

「ああ。僕達が作ったSクラスの武器、『破竜槌』だ」

「『破竜槌』……」

「今の君にこれを扱えるかどうかは……正直言って微妙なところだ。だが、もし君がステータスの最高値を一瞬でも引き出すことができたら……あるいは『スカル・ドラゴン』も倒せるかもしれない。ジル、どうする？」

ジルはフッと笑った。

「ロランさん、あなたがやれとさえ言ってくだされば、私はどんなことだってやってみせますよ」

（あなたに会ったあの日から、私はあなたの言う通りにして、どんな限界だって超えてきたのだから）

ロランは苦笑した。

（全く、盲信されるのも考えものだな）

「分かったよ。ジル、『スカル・ドラゴン』を討伐してくるんだ。君ならできる」

「はい！」

英雄と罪人

「チィッ。斬っても斬っても再生しやがる！　キリがねぇっ！」

ユガンは降りかかる骨の矢を剣で払いながら走っていた。

彼はSクラス冒険者にしては、耐久力（タフネス）が弱かった。

その代わり、俊敏（アジリティ）はずば抜けている。

『スカル・ドラゴン』はユガンの逃げ道に一足飛びで回り込み、逃げ道を塞ぐ。

爪で斬りつける。

しかし、ユガンは『スカル・ドラゴン』の攻撃を見切り、わずかに生じた隙間から一瞬で死角に潜り込んだ。

どれだけ『スカル・ドラゴン』の俊敏（アジリティ）が高かろうと、その巨体から死角が生じるのは防ぎようがなかった。

「はあああっ」

ユガンは背後から『スカル・ドラゴン』の片翼に斬りつけた。

数十本にも渡る骨の翼がユガンの1メートルそこそこの愛刀によって、斬り裂かれていく。

それは小川を木の棒で割ろうとするような試みだった。

「らあっ」

しかし、ユガンの太刀筋は、揺らぐことなく数十本にも渡る翼の骨々を断ち切った。

「グルアアアアア」

『スカル・ドラゴン』は振りむきざまユガンに爪を振りかざしたが、ユガンはヒラリとかわす。

（よし。いけるぜ）

ユガンは勝利を確信しつつあった。

（俊敏（アジリティ）は俺の方がはるかに高い。攻撃パターンは全て把握したし、見切った。後はこうやって刻み続けていけば、いつかはこいつも体力（スタミナ）の限界を迎えるはずだ）

ユガンは続いて降ってくる骨の矢を剣で払う。

（この後は斬り落とした翼を再生するはず。その隙を狙ってもう一、二発、斬撃をブチ込む）

ユガンは『スカル・ドラゴン』を中心に円を描くようにして走り続けながら、刀を構えて隙をうかがう。

しかし、『スカル・ドラゴン』はユガンの予想とは別の行動を起こした。

右手で残った自らの左翼を掴み引きちぎる。

(なにっ!?)

パージされた翼の骨は、バラバラになって朽ち果てた。

(自ら翼を引きちぎっただと？)

『スカル・ドラゴン』がユガンに合わせて、走り出す。

再び『スカル・ドラゴン』とユガンの間で間合いの取り合いが始まった。

お互い自分にとって丁度良い間合いを取ろうとする。

『スカル・ドラゴン』は明らかに先程よりも俊敏(アジリティ)が上がっていた。

小刻みにステップを踏んで、ユガンを自分の爪の間合いに誘い込もうとする。

振り払われた爪はユガンの頬スレスレをかすめ、切り傷を作る。

(っ、俊敏(アジリティ)が上がっている!? 落ち着け。それでも攻撃は見切っているんだ)

ユガンは攻撃によって体勢を崩した『スカル・ドラゴン』の背後に回り込む。

(フン。当たらなければ、どれだけ威力の高い攻撃でも意味はない！ こうして背後に回り込んじまえば、何もできまい！)

しかし、ユガンの予測とは裏腹に『スカル・ドラゴン』は反撃してきた。

どれだけ速く動かしても、決して攻撃に使うことはなかった骨の足を振り上げてカポエイラのように後ろ回し蹴りを繰り出してきたのだ。

(なっ!? この図体(ずうたい)で蹴りかよ)

それだけではなかった。

第二波、第三波と連続で蹴りを繰り出してくる。

ユガンはかわしきれず、第三波がかすってしまう。

かすったと言っても、トラックに衝突されたような威力だった。

「ガハッ」

ユガンは血を吐きながら、地面を転がって、どうにかその場を凌(しの)ぐ。

立ち上がって距離を取る。

(チィ。油断したぜ)

ユガンは降りしきる骨の矢をどうにか捌(さば)きながら、その場を凌いで体勢を立て直す。

『スカル・ドラゴン』の叩(たた)きつけ攻撃を横っ跳びにかわしながら、ポーションを飲んで体力(スタミナ)を回復するが、体が思うように動かなかった。

(くそっ、俊敏(アジリティ)を削られたか)

『スカル・ドラゴン』の攻撃パターン自体は見切っているため、どうにか攻撃はかわせるが、先程までのように死角に潜り込めない。

反撃の糸口が摑(つか)めなかった。

(ヤバイな。このまま、消耗戦になったら……)

ユガンの消耗を見て取った『スカル・ドラゴン』は、勝負を決めてかからんと、ありったけの骨の矢を撃ち出した。
「チィッ。こっちの嫌がることを的確にやってきやがって」
ユガンは剣で骨の雨を払いながら走ろうとするが、危うく剣を弾かれそうになる。
(ぐっ、腕力も落ちてきやがった)
やむなく、ユガンは足を止めて剣を両手持ちにする。
その隙に『スカル・ドラゴン』は背後に回り込んでくる。
ユガンはかろうじて『スカル・ドラゴン』の攻撃をかわした。
しかし腕が痺れてくる。
(ダメだ。こりゃ、一旦回復しねーと話にならねーぞ。撤退するか)
ユガンは腕をかばいながらチラリと『スカル・ドラゴン』の方を見る。
(問題は……どうやってこいつから逃げるかだな)
『スカル・ドラゴン』はまた、骨の矢を飛ばして来た。
「ちょっとは待ってくれよ」
骨の矢を捌いたかと思えば、また『スカル・ドラゴン』が背後に回り込んでくる。
(ヤッベ)
ユガンは死を覚悟した。
しかしその時、盾が飛んで来て『スカル・ドラゴン』の頭部に命中する。

（この盾は……）

ユガンが盾の飛んで来た方向を見ると、剣を引きずりながら疾駆しているジルの姿があった。

（ジル・アーウィン!?　なんだあいつ？　装備が変わっている!?）

先程までのジルは大剣と言っても、せいぜい背中に背負える程度の長さと大きさだった。

しかし、今の彼女の剣は、肩に背負っても余りある長さと大きさだった。

おかげで常に剣の切っ先で地面を引きずりながら、どうにか持ち運んでいる状態だった。

（今まで何をしていたのかと思ったら装備を変えてたのか）

ジルは『破竜槌（はりゅうつい）』を引きずりながら、顔をしかめていた。

（くそっ。『破竜槌（はりゅうつい）』、なんて重さだ。こうしてただ運んでいるだけだというのに、耐久力（タフネス）と体力（スタミナ）がゴリゴリ削られているのが分かる。それでもっ……）

ジルはキッと『スカル・ドラゴン』をにらむ。

（奪われた評価と功績を取り戻す！　これ以上、ロランさんの浴すべき栄誉を邪悪な者に盗ませはしないっ！）

『スカル・ドラゴン』がジルを捕捉し、身を乗り出してくる。

（あいつ、あの状態で戦うのか？　無茶だ）

ユガンにはジルのやっていることが自殺行為に思えた。

（剣を背負うこともできてねーじゃねーか。その状態で『スカル・ドラゴン』の俊敏(アジリティ)にどうやって対応するんだよ）

ジルはロランから言われたことを思い出した。

「今の君のステータスでは、『破竜槌(はりゅうつい)』を使えるのは2回までだ」

「2回……」

「ダンジョンでの運用にかなうよう微調整ができなかったのもあるし、何よりこの重さ。とてもじゃないが、何回も振り回せる代物じゃない」

「はい」

「一撃で敵を確実に仕留める必要がある。どうすればいいか、分かるよね？　僕が君に教えたように普段通り戦えばいいんだ。できるかい？」

「はい！」

（ロランさんが教えてくれたこと。俊敏(アジリティ)を活(い)かして華麗にかわす戦い方ではなく、耐久力(タフネス)と腕力(パワー)を使って、真(ま)っ直(す)ぐ敵の攻撃を受け止めて戦う。それが私の戦い方！）

ジルはなるべく足に力を込めて『破竜槌(はりゅうつい)』を運んだ。

こうすることで、消耗を俊敏(アジリティ)に回し、腕力(パワー)と耐久力(タフネス)を節約することができた。

『スカル・ドラゴン』が全身を使い、骨を筋肉のようにしならせ、腕を膨張させ伸ばし、爪をジルに向ける。

（無理だ。かわせない）

「バカヤロウ。逃げろ。死んじまうぞ！」

ユガンが叫んだ。

それでもジルが逃げることはなかった。

その瞳に込められた決意が『スカル・ドラゴン』から逸れることはなかった。

『スカル・ドラゴン』の爪がまともにジルの体に命中する。

凄まじい衝撃がジルの体を襲う。

しかし、彼女の体は吹き飛ばず、わずかに後ろに下がるだけだった。

むしろ『スカル・ドラゴン』の爪が折れる。

「何っ!?」

ユガンが目を丸くした。

（あの鎧、傷一つつかないどころか、吹き飛ばない？　尋常じゃない硬さと重さ！　新素材か？）

「捕まえたぞ。『スカル・ドラゴン』」

（お前を確実に仕留めるとしたら、体勢が崩れるこの瞬間しかない!!）

ジルは大ダメージを受けて悲鳴をあげる体に鞭打って、剣を両手で握った。

盾を投げたのはこの時、両手で剣を握るためだ。

剣を引きずって来たのはこの時に備えて、力を蓄えておくためだ。

スキル『一点集中（バースト）』を発動させる。

「くらえ！」

ジルは大剣を力一杯振るって、『スカル・ドラゴン』の爪を打つ。

衝撃は『スカル・ドラゴン』の手の平から肩まで伝わり、骨の腕は木っ端微塵（こっぱみじん）に粉砕された。

『スカル・ドラゴン』は何が起こったのか分からずきょとんとする。

ジルは渾身（こんしん）の力を込めて地面を蹴り、『スカル・ドラゴン』の胸元に飛び込んだ。

肩から袈裟（けさ）斬りに『破竜槌（はりゅうつい）』を振り下ろす。

『破竜槌（はりゅうつい）』は『スカル・ドラゴン』のその分厚い肋骨（ろっこつ）もろともコアまで砕いた。

それは剣の形をしながらも、重さにモノを言わせて、どんな巨大な敵でも叩き潰すことができる、まさしく竜をも破滅に導く槌（ハンマー）の一撃だった。

巨大な骨組みから、生命の光が完全に消えた。

骨はその場で朽ち果て、バラバラになって崩れ落ちる。

ジルはバラバラになった骨に埋もれるようにして地面に落下する。

ユガンは呆然（ぼうぜん）としながら、その様を見ていた。

（マジかよ。やりやがった。『スカル・ドラゴン』の分厚い肋骨を一撃で……）

「ジル！」

ユガンが呆然としていると、1人の男がくずおれた『スカル・ドラゴン』の下に駆け寄る。

（あいつは……）

見たところ、大した戦闘力を持っているとは思えなかった。

装備を見ても、身のこなしを見てもせいぜいDクラスの冒険者だろう。

必死に骨の山を掘り返し、骨の中に埋まったジルを引き上げる。

「ジル。しっかりしろ」

彼はジルの状態を測定するように見ている。

ステータスを『鑑定』しているようだった。

（あいつ。鑑定士？　まさかこの街にいるS級鑑定士っていうのは、あいつのことか？）

ユガンはモニカ達の言っていた鑑定士のことを思い出す。

（あの新しい武器をジルに届けたのはあいつか。隠れたスキルを見抜くだけでなく、あんな武器まで開発できるのかよ）

「う、ロランさん……」

ジルが呻きながら目を覚ました。

「ジル、良かった」

【ジル・アーウィンのステータス】
腕力(パワー)：1－110
耐久力(タフネス)：1－120
俊敏(アジリティ)：1－105
体力(スタミナ)：1－200

（全ステータス、最低値が1になってる。本当に全ての力を出し尽くしたんだな。全く、無茶しやがって）

「ロランさん。『スカル・ドラゴン』は……」

「大丈夫。もう完全に沈黙している。君が倒したんだ。おめでとう。これで君も晴れてSクラス冒険者だよ」

「本当ですか？　良かった。これでようやく、あなたにふさわしい称号を、ようやくあなたに少しだけ恩返しをすることができました」

「ジル、君って奴(やつ)は……とにかく、今は治療しよう。立てるかい？」

「はい」

ジルはロランの肩を借りてどうにか立ち上がる。

「任務は終わりだ。さ、帰ろう」

ロランがふと側を見ると、ユガンがいた。

こちらを睨んでいる。

ロランは一目で彼の実力を見抜いた。

（『鑑定』しなくても分かる。Sクラスの冒険者だ。『三日月の騎士』ユガン……）

「どうも」

ロランはぺこりと頭を下げる。

「ふっ、お前がS級鑑定士か」

「僕のことを知っているんですか？」

「ああ、結構噂になってるぜ。落ちこぼれの冒険者を一流に育てる凄腕の鑑定士がいると。あくまで狭い界隈でだがな。そうか。ロランっていうのか」

「……」

「ようやく、ツラを拝めたぜ。一見、無害そうな顔をして、随分鋭い牙を持っているじゃないか」

「どうも……」

「うぐっ」

「ジル？　大丈夫かい？」

ロランはジルが呻いてるのを見て治癒師に治療させる。

「ユガンさん、すみませんがジルを街に連れ帰らなければなりません。失礼させていただきます。では」

ユガンはしばらく、ロランの背中を見送った。

「ふー、やれやれ。また俺の稼ぎを掠め取りやがって」

（なるほどな。あのルキウスが恐れるだけのことはある。ロラン……この一件で流石に奴の名も知れ渡るだろう）

「この街で終わるような奴じゃない。いずれまた相見えることになる……か」

「『スカル・ドラゴン』が討伐されました。Sクラスモンスター討伐です」

クエスト受付所の発表に街の住民は沸き立った。

いよいよ、Sクラス冒険者が誕生したのだ。

人々はSクラス冒険者の勇姿を一目見ようとダンジョンの前に駆けつけた。

やがてジルが姿を現す。

人々は拍手と喝采を浴びせた。

ジルはキョトンとする。

「ジル、みんな君の勇姿を一目見ようと駆けつけてくれたんだ。しっかり応えてあげて」

「はい」

ジルは『スカル・ドラゴン』の心臓の破片を掲げてみせる。

住民達はますます沸き上がった。

「新たなSクラス冒険者の誕生だ！」

「冒険者の街、バンザイ！　勇敢な冒険者に祝福を！」

すぐにその場は人々の喝采と祝福で埋め尽くされた。

道の両脇に人々が集まって、パレードの様相を呈する。

ロランとジルが広場に着いたところで、人々の盛り上がりは最高潮に達した。

「Sクラス冒険者、ジルに祝福を！」

「Sクラス冒険者、ジルに祝福を！」

「Sクラス冒険者、ジルに祝福を！」

「『金色の鷹（たか）』に祝福を！」

「『魔法樹の守人』に祝福を！」

「『精霊（せいれい）の工廠（こうしょう）』に祝福を！」

人々はイマイチ、どのギルドを祝福すればいいのか分からず、マチマチにギルドの名を叫んでいた。

ジルとロランは苦笑した。

「ロランさん、今一度『破竜槌』を貸していただけませんか？」

「えっ!?　でも、ジル。君は……」

「大丈夫です。無理はしません」

ジルはマリナから『破竜槌』を受け取ると、人々に対して掲げて見せた。

剣には『精霊の工廠』の紋章が刻まれている。

人々はジルからのメッセージにきっちりと応えた。

「『精霊の工廠』に祝福を！」

「『精霊の工廠』に祝福を！」

「『精霊の工廠』に祝福を！」

「さ、ロランさん、あなたも剣を掲げてください」

「え、いいのかな？」

「もちろんです。さ、どうぞ」

ロランはジルの掲げる剣に手を添えた。

観衆の1人が首を傾げる。

「誰だあいつ？」

「ロランだ。鑑定士の」

「鑑定士？」

「ああ、『精霊の工廠』のギルド長だそうだ」

「じゃあ、あの武器を作ったのも？」

「ああ、そうに違いない」

この会話は瞬く間に人々に伝染した。

「Sクラス装備、『破竜槌』を作った鑑定士ロランに祝福を！」

「鑑定士ロランに祝福を！」

「鑑定士ロランに祝福を！」

ロランはまだ少し気後れしながらも、人々からの祝福を受ける。

「いやぁ。いい気分ですね。皆さんに祝福していただいて」

傍らを歩いているマリナが誇らしげに言った。

「いやいや、なぜあなたが胸を張っているんです？」

治癒師の男が言った。

2人のやり取りを聞いたロランとジルは顔を見合わせて、可笑しそうに笑った。

リリアンヌは、空の上からパレードの様子を眺めていた。

彼女は『森のダンジョン』を攻略して一足先に街に帰ってきたところだった。

(良かったですね、ロランさん。ジルさんを自分の手で育てることができて、そして正当な名誉を獲得することができて)

「ロランさん、おめでとうございますっ」

感極まったジルは、ロランに抱きついてキスをした。

彼女はほっぺに、それも唇に極めて近い場所にキスをした。

リリアンヌは首を傾げる。

(んん?)

ジルの唇はすぐには離れず、何度も口付けをした。

ロランは照れ臭そうにしながらも、キスを受け止める。

そしてついには、ロランもジルのほっぺにキスを返すのであった。

ジルは気持ち良さそうに目を瞑(つぶ)ってロランからのご褒美を堪能した。

(ま、まあ師弟愛ですね。師弟愛。今日くらいは大目に見ましょう)

リリアンヌはそう考えて、深く考えないことにした。


とあるホテルの一室。

その会議室のような部屋に『金色の鷹』の出資者達は集まっていた。

彼らは窓からパレードの様子を苦々しげに見ていた。

「なんたる醜態だ!」

出資者の1人が言った。

「ダンジョンを攻略できないどころか、Sクラスモンスターの討伐すら逃すとは」

「それもジル・アーウィンに裏切られるような形で」

「Sクラスモンスター討伐の収益は、全て『魔法樹の守人』に入るのだそうだ」

「『金色の鷹』の今月の収益はゼロだな」

「それどころか、ギルド内では、ルキウス降ろしの機運が日増しに高まるばかりと聞いている」

「あの男、どれだけ我々の利益を損ねれば気がすむんだ」

「この責任、一体どうとるつもりだ！」

出資者達（たち）は口々に愚痴と文句を言い合った。

折を見てそれまで黙っていた銀行家が口を開く。

「みなさん、もうここいらで審判を下すべきではありませんか？」

「審判？」

「ええ、ルキウスへの審判です。我々は彼に時間とチャンス、資金を与え、多少の失態と専横は見過ごし、辛抱強く待ってきました。にもかかわらず、彼は我々の期待を悉（ことごと）く裏切ってきたのです。もう十分でしょう。ここに私はルキウスを『金色の鷹』ギルド長の地位から罷免し、新たなギルド長を迎え入れることを提案します」

銀行家がそう言うと、出資者達は一様にうなだれて、誰もが途方にくれたようにため息をつく。

「ルキウスをクビにして、一体誰に代わりが務まる？」

「『金色の鷹』にいるのは、どいつもこいつも自らの武勇だけを頼みに武器を振り回し、ダンジョンを歩くことしか知らぬ冒険者達ばかりだ」

「どいつもこいつもごろつき一歩手前の無頼漢のような輩ばかり」

「経営に精通している者など1人もいない」

「一方で『金色の鷹』はもはや滅茶苦茶だ」

「財政はガタガタ、組織もバラバラ。規模ばかりいたずらに大きくなり身動きも満足に取れない」

「ギルド内に適任者などおらんだろ。ましてやこの難局を前にして、正しく舵を取れる者など……」

「私に1人だけ心当たりがあります」

銀行家が言った。

「本当か？」

「一体誰が？」

「その男はかつて『金色の鷹』に所属し、陰の功労者としてその躍進を支え、今は錬金術ギルド『精霊の工廠』のギルド長を務めるかたわら、『魔法樹の守人』の特別顧問として多数のAクラス冒険者の輩出に寄与しております。ジルがSクラス冒険者まで成長できたのも、かつての彼の指導によるところが大きかったと聞いております」

「何？　そんな人物がいるのか？」

「それは知らなかった」

「一体誰なのです、その人物は？」

「その者の名はロラン。S級鑑定士です。彼に『金色の鷹』のギルド長になってもらい、ギルドの再建を任せてみてはいかがでしょう」

ルキウスは『金色の鷹』の本部を忙しく駆け回っていた。

「ディアンナ。ディアンナ。どこにいる？」

ルキウスは大声で呼びかけるが反応は返ってこない。

「ディアンナ、聞いてくれ。Sクラスモンスターはジルのやつが討ち取ってしまったようだ。ユガンとミルコ、あいつらはダメだったようだ。あれだけ偉そうな口を叩いておきながら何もできないとは。役立たずどもめ。『森のダンジョン』もリリアンヌに攻略されたし、『峡谷のダンジョン』も遠からず『魔法樹の守人』の手に落ちるだろう。全滅だよ。本当に今月は収入はゼロだ。チクショウ。あの疫病神の鑑定士め。とにかく、事ここに至っては、さすがにどんな言い訳を並べても誤魔化せないだろう。俺はクビにされる。かくなる上はできるだけ多くの退職金をせしめて逃げよう。不正に行った会計の数々を隠蔽して後任者に責任をなすりつけやる。せいぜい苦しめばいいのさ。そのためにも、とにかく時間稼ぎと証拠の隠滅、新たな書類の捏造が必要だ。手伝ってくれディアンナ。ディアンナ？　おい本当にどこにいるんだディアンナ。隠れてないで出てこい」

ルキウスは闇雲に広い、自分の部屋を見回した。

しかし、いつもいるはずの彼女の姿はどこにもない。

見落としているのかと、もう一度部屋に視線を巡らしてみるが、やはりどこにもいない。

ルキウスは不審に思いながら、ギルド長室に入る。

すると、荒らされた書類棚が目に入った。

見ると不適切会計と放火の証拠となる書類が一つ残らず抜き取られていた。

「バカな。なぜ書類がない？　一体誰が……」

ルキウスは書類を盗んだ容疑者についてアレコレ考えてみた。

しかし、何度考えても、ルキウス以外にこの部屋に自由に入れる人物は1人しか思い当たらなかった。

（まさか、ディアンナ？　あいつ、俺を裏切ったのか？）

ルキウスの弱みを敵に渡して、自分だけ泥舟から逃げ出す。

ディアンナの考えそうなことだった。

しかし……、とルキウスは考えてみる。

果たしてそんなものを渡されてロランが喜ぶだろうか？

すでに趨勢は決まっている。

これ以上、ロランがあれこれしなくてもルキウスの地位失墜は免れないだろう。

ロランからすれば、わざわざディアンナを助けてやる義理はない。

ディアンナが何か他に差し出すものでもない限り。

しかし、事ここに至ってディアンナの乏しい持ち物の中にロランの欲しがりそうなものなど一体何があるというのか？

いや、1つだけある。

ロランがそれを要求すると、ディアンナはむしろ喜んでそれを差し出す。

ルキウスの想像はさらに膨らんでいく。

彼女は自ら胸元をはだけ、股を開き、罪を免れたことによる安堵と新しくもたらされた快楽に身を委ねる。

ロランは彼女の肉体を弄び、ささやかな勝利の余韻に浸る。

そこまで考えてルキウスは激しい嗚咽と吐き気、劣等感に苛まれた。

動悸と目眩から意識まで朦朧としてくる。

「くっ、ぐぅ。バカな。こんな、こんなことが……」

その時、扉がドンドンと叩かれる。

ルキウスはハッとした。

「ルキウス、ここにいるのか？　警察だ。貴様に不適切会計と脱税、および放火罪の容疑がかけられている。今すぐ取り調べをしたい。署まで来てもらおうか」

「くそっ」

ルキウスは棚に飾られている剣を手に取るや、窓に向かって駆け出した。

窓ガラスが割られる音が廊下まで響き渡る。

「ルキウス？　おい、ルキウス。いるんだろう？　返事をしろ。入るぞ！」

刑事達が部屋に踏み込むと、そこには割れた窓ガラスが散らばっているのみだった。

ルキウスはその日のうちに指名手配される。

セバスタの件から学習した警察は、街の出入り口に非常線を張って、ルキウスが街から逃亡できないようにした。

とはいえ、Sクラス冒険者の出現でわきたつ街に、ルキウスのことを気に留める者などいない。

その日、街ではロランとジルの栄誉を讃える声が鳴り止むことはなく、誰もがその名を心に刻むまでいつまでもいつまでも街中に響き渡るのであった。

空位のギルド長

「ふー。流石に疲れるわね、ダンジョンを2つ攻略するのは」

『峡谷のダンジョン』から帰って来たユフィネはすっかり凝り固まった肩をほぐしながら、こぼした。

「いくら勝負どころだからって、ダンジョン攻略をハシゴさせるなんて。人使い荒いんだから。こりゃ後でロランさんに何か奢ってもらわないと割に合わな……って。ちょっとモニカ？　どこ行くのよ。おーい」

ユフィネは、突然走り出したモニカの後を慌てて追いかけた。

モニカが向かったのはクエスト受付所だった。

すぐに撃破数ランキングをチェックする。

（よし。今月の撃破数1位ゲット！）

モニカはガッツポーズした。

（キツかったけどなんとかやり遂げた。これでロランさんも私のこと認めてくれるよね？）

モニカがそんなことを考えていると、通りから歓声があがっているのが聞こえた。

「なんだろう？　この盛り上がりは？」

「さぁ？　聞いてみましょう。あのー、すみませーん」

ユフィネは通りを歩いている男性に声をかけた。

「なんだか盛り上がってるみたいですけれど、何かあったんですか？」

「ああ、Sクラス冒険者が誕生したんだよ」

「Sクラス冒険者が？」

モニカとユフィネは顔を見合わせた。

2人は通りへと駆け出して、パレードの見える位置に向かった。

道の真ん中にはロランとジルがいた。

2人は人々から祝福を受けている。

（ロランさん……ジルさんと一緒に）

モニカはその光景を見て、なぜか胸がざわつくのであった。

ルキウスが失踪した。

Sクラス冒険者の誕生に浮かれていた街の人々は、そのことに気づくまで少し時間がかかった。

ルキウスが指名手配犯になったのだ。

警察は即座に非常線を張って、ルキウスが街から逃亡できないようにした。

街はお祭り騒ぎから一変、武装した警備隊が巡回する物々しい雰囲気になった。

「ギルド長になって衰えたとはいえ、奴は元Aクラス冒険者。油断するなよ。取り押さえる時は複数で当たれ。少なくとも3人以上でだ。単独で遭遇した時は、時間を稼ぎ仲間がくるまで待つんだ」

警備隊の隊長は部下達にそのように言って、注意喚起した。

ロランは防具と剣で身を固めた警備隊が、パトロールしているのを2階の窓から眺めていた。

（ディアンナに唆されて警察にタレ込んでしまったけど。果たしてあれでよかったのだろうか。まさかルキウスが失踪するなんて）

そうしてロランが物思いに耽っていると、隣にリリアンヌが寄ってきた。

「不安ですね。ルキウスがまだ捕まらないなんて。『金色の鷹』ギルド長の座も空位のままですし」

ロランはそれには答えず、憂鬱そうな表情をしながら、窓の外を見つめ続ける。

（ルキウス、一体どういうつもりだ？　こんなことをして悪あがきのつもりか？　もう勝負は決しただろ。これ以上罪を増やしたところで一体何になるっていうんだ）

銀行家がロランの下に訪れたのは、その翌日だった。

「僕が『金色の鷹』のギルド長に……ですか？」

「ああ、是非とも頼みたい」

銀行家は『魔法樹の守人』の応接間で葉巻を吸いながら言った。

「もう出資者全員の了解は得ている。ルキウスを罷免することも。君を『金色の鷹』のギルド長に迎えることもね。あとは君の返事を受けるだけだ」

「そんな。急に言われましても……。僕は現在、『魔法樹の守人』と『精霊（せいれい）の工廠（こうしょう）』の仕事で手一杯ですし……」

「『金色の鷹』は今ひどい状況だ。ルキウスの相次ぐ失策のせいで収益はただ下がり。このままでは失職した冒険者が街にあふれることになる」

「そもそも僕は『魔法樹の守人』の役員です。『魔法樹の守人』は『金色の鷹』のライバルギルドですよ。そんな僕が『金色の鷹』のギルド長になるなんて……」

「ジル・アーウィン」

銀行家がそう言うと、ロランはピクッと反応した。

「彼女が告訴されるのはマイナスではないかね？　彼女にとってはもちろん、街にとっても……」

「……」

「理由はなんであれ、彼女はギルドに対して背任行為をした。ギルドから彼女になんらかのペナルティが科せられるのは避けられんだろう。新しいギルド長が特別に彼女を庇いでもしない限り」

「彼女を取引材料に使うつもりですか？」

「いやいや、そういうわけではないよ。ただ、とにかく我々にもあまり余裕がないということだ」

「……」

銀行家は葉巻を灰皿に押し付けて、大儀そうに立ち上がった。

「今日はこの辺りでお暇させてもらうよ。この件、ゆっくり考えてくれたまえ。ただ我々にもあまり時間がなくてね。返事は1週間以内にしてくれたまえ」

ロランは数日間悩んだ。

自分のこと、『金色の鷹』のこと、そしてジルのこと。

しかし、結局リリアンヌの後押しもあって、引き受けることにした。

その際、条件としてジルの罪について不問に付すこと、ロランがこれまで通り『精霊の工廠』と『魔法樹の守人』に在籍し続けること、半年間の赤字を容認すること、場合によってはロランの指名する人物を共同経営者として迎えること、などを付け加えた。

銀行家は当初、ロランの出した諸条件に難色を示したが、結局は受け入れられた。

ジルは『金色の鷹』本部への道を急いでいた。
到着すると脇目も振らず講堂に駆け込んでいく。
そこにはすでに『金色の鷹』の主だった会員から、末端会員までが一堂に会していた。
『金色の鷹』の社則に則って、クラス別に列を作り、整然と並んでいる。
誰もが講堂の奥にしつらえられている一段高いステージの方を向いていた。
「おい、あれ……」
列に並ぶ誰かが声をあげた。
「どうした？」
「ジルだ。ジル・アーウィンがいるぞ」
近くの人々が一斉に彼女に注目する。
ジルは好奇の目に晒されたが、今の彼女にとっては瑣末なことだった。
ジルは壇上で演説をしているその人物のことだけを一心に見つめていた。
そこにはロランがいるのだから。
(ああ、まさかこんな日が来るなんて)
全身が歓喜に震える。
嗚咽を漏らさないように口元を両手で覆わなければいけなかった。

彼女にはロランの姿が神々しく映りさえした。

(ロランさん。まさかあなたが『金色の鷹』に、それもギルド長として戻ってきてくださるなんて。よかった。これで私は名実共にあなたに仕える騎士に……)

ロランは簡単に挨拶だけすると、今後のギルド経営方針について話し始めた。

「まず、『金色の鷹』が没落した原因。それはひとえに個々のスキルやステータス、装備の質を伸ばす育成を軽視したため、そう僕は考えています。『金色の鷹』には改革が必要です。したがって……」

ロランはその後も演説を続けた。

『魔法樹の守人』との共存共栄やダンジョン攻略と装備の買い叩(たた)きに頼らない収益モデルなどをスローガンに掲げて数十分ほど喋(しゃべ)り続ける。

「僕からは以上です」

「ギルド長からの所信表明演説は以上になります。皆様お疲れ様でした」

さも当然のようにロランの傍らにいるディアンナが、にこやかにアナウンスした。

彼女はロランの隣にいるのが嬉(うれ)しくて仕方がないようだった。

その喜びぶりは、まるで自分の地位がすでに安泰であるかのようだった。

事実、彼女には当面、将来の不安など何一つない。

新ギルド長の所信表明は盛大な拍手で締めくくられた。

スキル・ステータスの粉飾

その後、ロランは『金色の鷹』立て直しのために尽力した。

ギルド長室に一歩足を踏み入れた瞬間、職員達がリストラに怯(おび)えて萎縮していることを見抜いたロランは、すぐに全ギルド会員の待遇と地位を保障した。

冒険者達は新しくやってきたギルド長が一体どんな過激なリストラを行うのか戦々恐々としていたが、ロランによって当面の雇用が保障されたことで、『金色の鷹』内部の雰囲気はたちどころによくなり、冒険者達が鍛錬に励む本来の姿を取り戻していった。

ロランは財政改善にも着手した。

まず、今後、ギルドは『峡谷のダンジョン』開発に重点を置くことを定めた（『峡谷のダンジョン』は以前からその潜在的な資源の豊富さが指摘されていたにもかかわらず、なぜか誰も開発に取り組まず、重視されていなかったダンジョンだった）。

『峡谷のダンジョン』担当者にはアリクを任命し、ドーウィンに補佐を命じた。

また将来の投資にも抜かりなかった。

Sクラスモンスター専用部隊の創設を指示し、その隊長にジルを据えた。

また不明瞭なお金の使い道といったルキウス時代の悪弊をことごとく取り払っていった。

こうして新たなリーダーの下、『金色の鷹』では、次々と改革が進められていき、全てが上手くいくかのように思われた。

その日もロランはアリクやジル、ドーウィンらと面会をした後、夜遅くになっても、ギルド長室で執務を続けていた。

（ふー。主要メンバーと話をするだけで1日が過ぎてしまった。大きな組織を動かすのは大変だな）

ロランは第2部隊と第3部隊の隊長との面会を思い出す。

彼らもアリク同様、表向きロランに従う構えを見せているが、その態度はどこかよそよそしく、何を考えているのか分からないところがあった。

何か問題を抱えているようだったが、決してロランには打ち明けない。

部隊間で隠し事をして内々で処理するのが当たり前になっている。

そんな印象を受けた。

（以前から経営層と冒険者の間で軋轢があったが、今はますます深くなっているようだな）

このままでは改革どころか、何かの拍子に空中分解しないとも限らない。

（それぞれの部隊との溝を埋めて風通しをよくする。まずはこの辺りから取り組んでいくた。

か）

「どうぞ」

ロランが今後のことについて考えを巡らせていると、ディアンナがお茶を差し出してきた。

「あ、ありがとう」

ロランは少しお茶に口をつけただけでまた書類を引っ張り出す。

「まだお仕事なさるのですか？」

「ああ、今日、各部隊の隊長と面談して分かったことなんだけれど、『金色の鷹』の内部は相当に風通しが悪くなっている。まずはその辺りから改善していきたい」

ロランは時計を見た。

この分だともう冒険者達の大半は訓練場を後にして帰宅しているだろう。

「ディアンナ、明日の朝一でいいから冒険者を全員訓練場に集めてくれ」

「冒険者を全員……ですか？」

「ああ、現場で何が起こっているのか知るためにも、末端の会員と接触してみたい。そこで彼らを『鑑定』すれば何か分かるはずだ」

「そのようなこと。末端の鑑定士に任せておけばいいのに」

「自分の目で確かめたいんだ。頼んだよ。……っと」

ロランはふとディアンナの今日一日を思い出した。

思えば彼女も今日ずっと働き詰めだった。

「そういえば君もずっと働き詰めだったね。あとは僕1人でやっておくから。今日はもう帰ってもいいよ」

「そういうわけにはいきませんわ。ギルド長がまだ働いておられるというのに。私も残ってお手伝いいたします」

「そう？　それじゃ悪いけど頼むよ」

「はい」

そうして2人はその後も黙々と仕事に取り組んだ。

やがて時刻は深夜に差し掛かろうとする。

ロランが会員のリストを眺めていると、第2部隊と第3部隊の一部にスキル・ステータスの向上が不自然に速い者がいることに気づいた。

（変だな）

（ある時を境に異様な速さで伸びている。特に装備を変えたり、クエストをこなしたりしたわけでもないのに……一体どうして？）

ロランが訝しんでいると、ふと机の端に重みが加えられるのを感じた。

見ると、ディアンナがそこに腰掛けている。

彼女がロランの手元の書類のすぐ目と鼻の先に腰掛けたので、自然とロランの視線は彼女の腰回りに誘導される。

そればかりかディアンナは、そのスラリとした美脚を机の上でさりげなく組んで見せる。

そのため深いスリットから覗く脚線美と悩ましい太ももがロランの目の前に晒される。

ディアンナの顔に目を移すと、艶っぽい笑みを浮かべている。

「まだ就任して1日目だというのに。『金色の鷹』の経営と所属部隊を全て掌握してしまうなんて。感服いたしましたわ。さすが『魔法樹の守人』を一夜にして街一番のギルドに育て上げたS級鑑定士。偉そうなだけのルキウスとは大違い」

「そ、そうかな？　まだみんな完全には僕を認めていない感じがするけど」

「そのようなことはありません。すでに『金色の鷹』に所属する者は皆、あなたの威令に服し、あなたから得られる恩恵に感謝しています」

「う、うん。ありがとう」

ロランは一応お礼を言うものの、距離を取るように書類を彼女から引き離した。

『金色の鷹』の内務に明るいため、今の所、側近として重用しているが、内心ではロランは彼女のことを信用していなかった。

『金色の鷹』が傾いた原因の一端は彼女にもある。

ロランはそう思っていた。

彼女が『金色の鷹』の幹部になった頃から、あからさまにルキウスの怠惰と傲慢が目立つようになったのだ。

彼女と親密になり過ぎれば、ルキウスと同じ轍を踏まぬとも限らない。

「あなたもお人が悪いですわ。こんなに凄い方だと分かっていれば、初めからルキウスになびく事なく、あなたとお近づきになっていましたのに」

「はは。まだまだだよ」

ロランは書類に目を落として、ディアンナの方を見ないようにしながら言った。

ディアンナは自らの媚態が十分な効果を発揮していないのを察すると、さらに一歩踏み込むことにした。

姿勢を前かがみにして艶っぽい声で話しかける。

「ギルド長、仕事熱心なのも結構ですが、少しは息抜きもしませんと。よろしければ……」

その時、入り口のドアが開かれた。

クラリアが元気良く飛び込んでくる。

「失礼しまーす」

「クラリア」

ロランはこれ幸いとばかりにディアンナとの会話を打ち切って、クラリアの方に注意を向けた。

「ロランさん、『精霊の工廠』と『魔法樹の守人』の方ですが……」

ロランとクラリアはすぐに2人で仲良く打ち合わせを始める。

ディアンナは自分の試みが挫かれたのを悟り、憮然として机の上から降りるのであった。

その後、スキル・ステータスの粉飾は第2部隊を中心にして行われていたことが発覚し、ロランは彼らを呼び出して厳重注意した。

スキル・ステータスを正常に測定し直した上で、装備や職業を変更するように指示する。

その過程でディアンナは職務怠慢や連絡ミスを連発し、馬脚を露した。

ロランは彼女から重要な仕事を取り上げ、もっぱら雑用のみ任せるようにし、経営に関する種々の業務からは遠ざけるようにした。

ディアンナは憮然とした顔で『金色の鷹』を退勤していた。

(もう、何よ。ロランの奴、ちょっとミスしたくらいであそこまで冷遇することないじゃないの)

この頃、ディアンナはすでに平社員のように扱われていた。

(こんなことなら、ロランを助けるんじゃなかったわ。はぁ。どうにかルキウス時代に戻

る方法はないものかしら）

「もし。あの、ディアンナさんではありませんか？」

「えっ？」

ディアンナは自分を呼ぶ声に驚いて振り返った。

するとそこには錬金術ギルドのゼンスがいた。

「あなたは……ゼンス」

「おお、ディアンナさん。覚えていてくださいましたか」

ゼンスは例の媚びたような笑顔ですり寄ってくる。

ディアンナは一歩後退りした。

「あの、『金色の鷹』のギルド長がロランに替わったって聞いたのですが、それは本当なのでしょうか？」

「ええ、そうよ。それが何か？」

ディアンナは不機嫌そうに答えた。

「あの、『金色の鷹』から通知が来たんですよ。これからの武器製造はウチではなく、『精霊の工廠』に任せるって」

「へえ、そう」

「どういうことですかね。まさか、今まで散々尽くしてきた我々を見捨てて、『精霊の工廠』に鞍替えするなんてことありませんよね？」

「さぁ。私は知らないわ」

ディアンナはつっけんどんに言ってその場を立ち去ろうとする。

「ちょっと、ディアンナさん。それはないでしょう？　今まで我々は散々『金色の鷹』のために……」

「知らないって言ってるでしょう？　もうついてこないで」

ディアンナは早足に立ち去って行く。

「そ、そんな。待ってくださいよ。ディアンナさん。ディアンナさーん」

ゼンスは必死に呼びかけたが、ディアンナが足を止めることはなかった。

数日後、ゼンスの錬金術ギルドは倒産した。

ギルバートの陰謀

ゼンスをすげなくあしらった後、再び帰路についたディアンナは途中でまた声をかけられた。

「よお、ディアンナじゃないか」

ディアンナは自分を呼び止めた斧槍（ハルバード）を担いだ男を見て、目をパチクリさせた。

「あなたは……ギルバート」

ギルバート、彼は第2部隊に所属するBクラス冒険者だ。

10年以上Bクラス冒険者の地位を維持しているベテランの実力者にもかかわらず、隊長や上級会員にもならない変わり者だった。

彼いわく、責任ある立場はめんどくさいとのこと。

ディアンナとは旧知の仲である。

「どうしたんだ、ディアンナ。そんな不貞腐（ふてくさ）れて。『私は今、上手（うま）くいってません』って顔に書いてあるぜ」

「うるさいわね。ギルド長に冷たくされて、今、それどころじゃないのよ」

「あー、あの新しいギルド長ね。うちの部隊長も文句言ってたぜ。隊長である自分をなおざりにして部下にちょっかいをかけただのなんだの」

「ホントにそうよ。こっちは振り回されて、てんてこ舞いなんだから」

「お前も大変だなディアンナ」

ギルバートはククッとイタズラっぽく笑った。

「他人事みたいに言って！　あんたこそ大丈夫なの？　ロランの奴、第2部隊のスキル粉飾について突くつもりよ。事と次第によっちゃあんたもヤバいんじゃないの？」

「フン。あんな奴にシッポを掴まれるようなヘマしねーよ。このまま黙ってるつもりもねーしな」

「へぇ。そう……」

ディアンナは悪巧みの匂いを嗅ぎつけて、目を細めた。

実際、ギルバートはその飄々とした風貌、屈託のない態度に反し、強かに立ち回ることのできる男だった。

ルキウス時代、ディアンナにとって彼は気の利く共犯者だった。

冒険者達を支配し操るために、幾度となく便宜を図ってもらったし、数々の汚れ仕事をこなしてもらった。

彼女が錬金術ギルドから武器を買い叩く時、気に入らない冒険者を追放する時、ルキウスの圧政を手助けする時、その陰には必ず暗躍するギルバートの姿があった。

「どうだ、ディアンナ。久しぶりに飲みに行かねーか？　新しい上司の愚痴を聞いてやるぜ」

「そうね。たまにはあなたと飲むのもいいかもしれないわね」

2人は適当な店を探しにランプの光が瞬き始めた夜の呑み屋街へと繰り出した。

「ここが良さそうだな」

ギルバートはあまり人のいない、謀議をするのにもってこいな店を選んで入った。

ディアンナは席に着くと、一通り現体制への不満を愚痴り、その後自分がいかにロランに対して献身的であったか、にもかかわらず自分がいかに不当な扱いを受けているか、これらを涙まじりに切々と訴え始めた。

ロランが今の地位にいるのはひとえに自分のおかげなのに、用済みと見るや否や彼は自分を冷遇し、切り捨てようとしている。

こんなのあんまりだ云々かんぬん。

ギルバートはひとしきりこれらの茶番に付き合うと、ディアンナに同情の言葉をかけ、決して誰にも他言しないのなら、失地回復の秘策について話しても良いがどうするか、と尋ねた。

ディアンナはギルバートの条件を受けいれた。

「ロランは第2部隊の協力を必要としているはずだ」

「なんでそんなこと分かるのよ?」

「『峡谷のダンジョン』を開発するって言ってただろ? その話自体はルキウス時代にもあったんだよ。しかし、それには、魔導師の多く所属する第1部隊と戦士の所属する第2部隊の協力が必要だと分かったんだ。結局、両部隊が張り合ったため、その話はお流れとなった。『金色の鷹』は『鉱山のダンジョン』の開発に注力する方が効率的、とルキウスは判断したんだな」

「あー、そういえばあったわね、そんな話」

ディアンナが思い出したように言った。

「ロランが『峡谷のダンジョン』を開発するに当たって、第2部隊の協力は必須。にもかかわらず、第2部隊でロランへの反感が強まっている。この好機を利用しない手はない」

ギルバートは酒の肴をつまみながら言った。

「俺が煽れば第2部隊の奴らは結束してロランとの対立を深めるだろう。それでロランを困らせりゃあいい」

「でも、それじゃあ第2部隊の幹部がクビにされるだけじゃないの?」

「そこでお前の出番さ。ギルド長室に自由に出入りできるお前のな」

「どういうこと？」

「お前はロランの内情を探ってくれ。第2部隊の命令違反をいつまで、そしてどこまで我慢できるのか。俺はそれをもとに第2部隊を操る。そうして第2部隊とロランの間で対立が臨界点まで達した時、俺達が仲裁を申し出る。両者の仲立ちに上手く立ち回ることができれば……」

「ロランと第2部隊、両方への私の影響力が高まる、というわけね」

「そういうことだな」

「オーケー、分かったわ。それじゃ、早速、私はロランの懐を探ってみる」

「俺は第2部隊と第3部隊の連中を扇動しとくよ」

「もし成功した暁には……」

「お前は俺の契約更新時、待遇にイロをつけるようロランに口利きする」

「あなたは今後も第2部隊と私の橋渡しをする、ということでいいわね？」

「オーケー、契約成立だ」

2人はすぐに行動した。

ディアンナはギルド長室から見つかった予定表から、今月の19日までにBクラス以上のアイテム鑑定士を3名、23日までに腕力（パワー）Bクラス以上の戦士（ウォーリアー）を20名以上、それぞれ『峡谷のダンジョン』に送り込む必要があることを突き止めた。

ギルバートは冒険者達の間で、ロランのことを『出資者の犬』と呼び弾劾した。

つまりロランは出資者にとって都合のいいスキルを冒険者達に覚えさせ、使い潰して利益を上げ、『金色の鷹』を無茶苦茶にした上で売り飛ばすつもりだと触れ回った。

ほどなくして、ギルバートの予想通り『峡谷のダンジョン』では、第2部隊の力が必要であることが判明する。

ロランは第2部隊に第1部隊と協力して『峡谷のダンジョン』開発に当たるよう命じたが、第2部隊はロランの指示に反発し、ストライキを開始した。

『金色の鷹』本部の一室を占拠して、ロランの要求には何一つ従わないという構えを見せる。

ロランはただただ困惑するばかりであった。

(なんだ？　急に一体どうしたっていうんだ？　昨日まであんなに上手くいっていたのに。一体何が起こったんだ？)

第2部隊の面々は、その結束ぶりを示すかのように、退社後も酒場に集まって互いに励まし合い、気勢をあげていた。

「ギルバート、お前の言う通り、ギルド長の命令を突っぱねたぞ。これでいいんだよな？」

「ああ、順調だぜ」

ギルバートは盃を呷りながら、部隊長のイストと幹部達に向かって喋り続ける。

「いいか。ここが肝心だぜ。弱気になっちゃダメだ。とにかくこっちの真意はひた隠しにして、無茶振りし続けて、向こうの譲歩を引き出す。それが交渉のコツってもんさ。向こうが出すものは何でも受け取って、こっちは何もしない。間違っても相手にこちらの要求を知られてはいけないぜ。知られれば舐められる上に値切られること間違いなしだ」

「しかし、大丈夫なのか？　ここまであからさまに逆らって。もし、これでギルド長が激昂して、我々をクビにでもすれば……」

「そこは安心しな。ちゃんと向こうの懐具合を探るようスパイを放っている。向こうがキレて無茶苦茶することのねーように細心の注意を払ってるよ」

「なんと。そうだったのか？」

「相変わらず抜け目がないな、お前は」

「ロランはウチの『鑑定』スキルを持っている奴らを必要としているはずだ。19日……つまり2日後にまた向こうから何かしらアクションを起こしてくるはずだぜ」

ギルバートが懐中時計を操りながら言った。

「とりあえずは、それまで様子見で問題ない」

「そうか。それを聞いて安心した」

「ああ、ギルバートがそう言うのならまず間違いはない」

第2部隊の幹部らはほっと胸をなでおろす。

「いいかお前ら。今、ロランの野郎はギルド長就任から間も無くて、まだギルド内での地位が不安定だ。強気に出るとしたらここしかない。こんなチャンス滅多にねーんだ。必ずモノにするぜ。なぁに相手は若造だ。臆することはねーよ。ギルド長の席に座っただけじゃ、俺達を操れないってこと、教えてやろうぜ」

「おお、そうだ。その通りだ」

「今こそ、我々の不遇に報い、第2部隊の悲願を叶えようではないか」

「皆で共に戦おうぞ」

ギルバートが盃を掲げると、幹部達も盃を重ねて、結束を誓い合うのであった。

(人は見たいものしか見ず、信じたいものしか信じない。ククッ。単純な奴らだぜ)

その後、ロランは事態の収拾のために奔走した。

あれこれと手を尽くして第2部隊の者達と交渉する場を設け、妥協案を探るが、彼らはロランに無理難題をふっかけてくるばかりで決して靡いてくれることはなかった。

『峡谷のダンジョン』収益化を急ぐあまり、危うくディアンナの安易な誘いに乗りそうになるロランであったが、すんでのところで我慢する。

彼女が騒動の中心人物と繋がっていることを察知したのだ。
ロランはクラリアに第２部隊の調査を命じて、彼らの真意を突き止める。

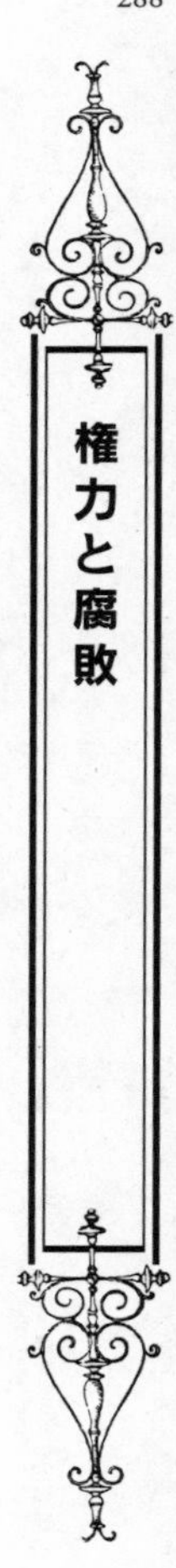

権力と腐敗

ロランはまたイストら第2部隊の面々と交渉の場を設けた。

彼らは一様に強面(こわもて)の顔をさらに強張(こわば)らせて、一切気を許したり、妥協したりしないという様子でロランの前に立った。

「一体何のご用ですかな、ギルド長？」

「君達(たち)に協力してほしいことがあるんだ」

「協力？」

「ああ、『峡谷のダンジョン』をアリク隊と共に開発して欲しい」

「ギルド長。何度も言いましたが、我々はアリク隊の下では……」

「その代わり！」

ロランはイストの言葉を遮って口を挟んだ。

「君達、第2部隊には、来期、部隊一の予算を支給するつもりだ」

イストはピクッと表情を動かして口を止めた。

「さらに、君達には来期『鉱山のダンジョン』の攻略を任せたい。もし、君達が『鉱山のダンジョン』を攻略することができれば、君達には『金色の鷹』第1部隊を名乗ることを許可しよう」

　ロランがここまで言い終わると室内はシーンと静まりかえって、沈黙に包まれた。

（ダメか？　これが今の僕にできるギリギリの妥協なんだけど……）

「ギルド長……」

　部隊長のイストが、沈黙を破り厳かな調子で口を開いた。

「うん？」

「我々、第2部隊はあなたに忠誠を誓いますよ」

　イストはニッコリと笑いながら言った。

　第2部隊の面々は、ロランに対して敬礼の姿勢をとる。

「えっと、じゃあ、ダンジョン経営の件は……」

「もちろん、全面的に協力させていただきますとも」

（コイツら……。いいのか？　来期、『鉱山のダンジョン』を担当するということは、『魔法樹の守人』のロラン隊（僕の部隊）と戦うってことだけど、ホントにいいのか？）

　ロランはイスト達の様子を観察するが、彼らは一切の曇りなく、満面の笑みをたたえていた。

　そこにロラン隊と戦うことへの不安などは見られない。

（セバスタなき今、君達の実力ではロラン隊（僕の部隊）に勝つなんて不可能だと思うんだけど……。

ホント、いいのか？）

しかし、本人達が了承しているのだから、これ以上口を挟んでも仕方がない。

ロランは、第2部隊が『魔界のダンジョン』の経営に協力してくれることと、来期『鉱山のダンジョン』を担当することについてアリクに伝えた。

アリクは不満に顔を曇らせながらも、不承不承受け入れた。

その後、第2部隊はウソのように協力的になった。

『魔界のダンジョン』の開発、訓練の方針、アリク隊との協力、これらの懸案事項はアッサリと解消された。

ロランの改革は軌道に乗り始めた。

それからは瞬く間に時が過ぎた。

権力争いに終わりが見え、『金色の鷹（たか）』の会員達はホッとしたように自らの鍛錬と仕事に励んだ。

ロランも不安の種が解消し、ギルド経営に精を出した。

ダンジョン経営も部隊の鍛錬も『精霊（せいれい）の工廠（こうしょう）』の経営も特に何の問題もなく進んだ。

こうして、今期のダンジョン経営が佳境に入った頃、ロランは1人の男をギルド長室に呼び出す。

その男はあくび混じりに眠そうな顔をしながら室内に入ってくる。

「ふあぁ。一体なんすかー？　このダンジョン経営が大詰めを迎えているって時に。こっちは最後の追い込みで忙しいんすけど」

「君がギルバートか」

「ええ、私がしがない下級隊員のギルバートでございますよ。それで？　ギルド長ともあろう方が、私ごときに一体何の用ですか、この忙しい時に。大した用事じゃないのなら後にして欲しいんですけど」

「調べさせてもらったよ。第2部隊と第3部隊で横行していたスキル・ステータスの粉飾。あれは君が指示したそうだね」

ロランがそう言うと、ギルバートは眠そうな顔をスッと引っ込めて、真顔になった。

部屋の隅にいるディアンナの方をジロリと睨む。

ディアンナはさっと目を逸らした。

（こいつ……チクりやがったな）

ギルバートは仕切り直すようにロランの方に向き直ると、不敵な笑みを浮かべる。

「ええ、そうですよ。セバスタ元隊長時代に始まったスキル・ステータスの粉飾。それを主導したのは、まさしくこの私、ギルバートです」

ロランはギルバートのスキルを『鑑定』した。

【ギルバートのスキル】
『槍術』：B
『扇動』：A
『人材育成』：A
『スキル鑑定』：A

（『人材育成A』に『スキル鑑定A』。こいつ、これだけのスキルを持ちながら……。これならスキルの粉飾なんてせずとも冒険者を育成できたはずなのに……）

「一体どういうつもりなんだ。こんなことをして。ギルドにどれだけ迷惑をかけたと……」

「確かに俺はスキルとステータスを粉飾した。だが、それの何が悪い？　俺はこのままだと日の目を見ることのない奴らに、一時この世の春を謳歌させてやっただけだ。事実、多くの冒険者がルキウスの圧政に苦しむ中、スキル粉飾した奴らは契約を更新して居座り続けた。ククッ。つまり、俺はあいつらを救ってやったんだよ」

「バカなことを……。そんなことがいつまでも通用すると思っているのか」

「なぁ、ロラン。考えてもみてくれよ。お前も身をもって体験しているはずだぜ。このギルドでは、実際の仕事ぶりよりも、声のデカさやうわべを取り繕うことの方が評価される。たとえ、中身がなくとも、虚飾が入り混じっていようと関係ない。俺も昔はみんなにスキルを伸ばすよう助言してやったんだぜ。なのにこのギルドの連中ときたら……。どいつもこいつも目先の利益と見せかけの評価のことしか考えちゃいねぇ。俺は呆れたぜ。ロラン、お前も見ただろう？　連中の態度を。スキル・ステータスの粉飾を問い詰められても悪びれもしねぇ。誠心誠意ギルドの発展に努める甲斐もないぜ。バカバカしい」

ギルバートは肩をすくめて見せた。

そして、ふとロランに親しみを込めた微笑を送る。

「なぁ、ロラン、かつて追放されたお前なら分かるだろう？　腐り切ってるんだよこのギルドは」

「だが、それも今日までだ。僕がギルド長になったからには、これ以上、そのような腐敗を見過ごしたりはしない！　ギルバート、君を『金色の鷹』から追放する」

「そうつれないこと言うなよ。どうだ？　俺と取引しようぜ。俺なら出資者のバカどもをだまして金をちょろまかす方法を……」

「決定を覆すつもりはない。これ以上戯言を言い続けるなら、つまみ出すまでだ」

ギルバートはニヤリと唇を歪めて笑った。

「ククク、なるほど。いいだろう。これからはギルドの外からじっくり観察させてもらうぜ。お前が『金色の鷹』でルキウスと同じように腐っていく様をな」

「僕がルキウスと同じようになることはないよ」

「それはどうかな？　ロラン、すでにお前はルキウスと同じ失策を犯しているぜ。誠心誠意尽くしてくれるアリク隊よりも、不正を行った第2部隊の連中を優遇するという依怙贔屓をな。お前も知らず知らずのうちに権力の味に慣れてきてるんだよ。『朱に交われば赤くなる』ってな」

「言いたいことはそれだけか？　お前がどれだけ詭弁を弄しようとも、決定が覆ることはない」

　ロランは出入り口のドアを指差した。

「即刻、このギルドから出て行け。永遠にだ！」

「フン。せっかく助けてやろうと思ったのに。バカなやつだぜ。言っておくがな、ロラン。俺を追放したからといって全てを解決したと思うなよ。『金色の鷹』は必ずお前を蝕むぜ。せいぜい自分で自分の首を絞めないよう、気をつけることだな」

　そう言って、ギルバートはギルド長室を後にするのであった。

月の光

ゴシック調の装飾があしらわれつつも、大人びた趣味のいい家具と内装で彩られていた。

机の上には魔導書と魔力を高めるワイン。

鏡台の上には凝った装飾の化粧瓶。

紫色のカーテンには怪しげな紋様が付いている。

そんないかにも魔女の部屋、といった寝室のベッドで、リリアンヌは惚(ほう)けた顔をしながら窓から刺す月明かりに照らされていた。

ベッドの中で心地好(よ)い倦怠感(けんたいかん)に包まれていた。

というのも、先程まで隣で横になっている男性と愛を語り合っていたからだ。

はしたないとは思いつつも、寂しさから、ついついおねだりして、家に来てもらった。

久しぶりの情交に際して、彼女は元気一杯愛する人に抱き付いた。

そうして思う存分、彼からの愛を味わった後、彼女は情交の余韻に浸っていたのだが、

今、彼女はまた悩ましげなため息を零(こぼ)していた。

それはまだ彼女の中で情念の炎が燻(くすぶ)っていることを意味していた。

少し扇(あお)げばまたすぐに煌々(こうこう)と燃え盛るだろう。

リリアンヌはその炎をどうにも自分では処理することができず、持て余していた。

そこで彼女は先程自分を幸せな気持ちにしてくれた男に、今一度幸せな気分にさせてもらおうと、隣にいる彼の肩に手を伸ばそうとした。

しかし、途中でその手を止める。

彼の静かな寝息が聞こえてきたためだった。

(ロランさん、眠ってしまったんですね)

リリアンヌは寂しさを感じながらも、手を引っ込めた。

代わりに月明かりに照らされるロランの寝顔をウットリと眺める。

今夜は、『金色の鷹』の問題が一段落して、ようやくこうして2人の時間を取れたところだ。

近頃、彼女はとみに1人の夜が寂しく感じられるようになっていた。

毎晩、ベッドに潜ってもまんじりともできず、窓から射し込む月の光を見ながらロランのことを考えて眠れぬ夜を過ごしていた。

できることならこうして毎晩、彼の隣にいたい。

しかし明日、ロランはまたリリアンヌの家には来られないと言う。

それを思うと、彼女はまた切なくなってきた。

ついつい足の付け根辺りをモゾモゾと動かしてしまう。

またしばらく会えないのなら、せめて今だけでも、と彼の腕にほっぺをのせて、少しでもロランを近くに感じようとする。

（いつもお仕事お疲れ様です。でも、もう少しだけお仕事を休んで、私の部屋でゆっくりしていってていいんですよ）

夜もとっぷりと更けたころ、ロランは『金色の鷹』での今日の執務を終えようとしていた。

「もうこんな時間か。うーん。今日も深夜まで仕事をしてしまった。流石にそろそろ帰るか」

「お疲れ様です。馬車の手配は済ませてありますよ」

ジルが傍らでそう言った。

第2部隊の騒動以来、ディアンナを遠ざけてから、ジルはその穴を埋めるべくロランの秘書業務も一部担うようになっていた。

『峡谷のダンジョン』で過酷な肉体労働をこなした後でも、である。

ロランが『金色の鷹』のギルド長になって以来、ジルはどこに行くにもまるで護衛のようにロランに付き従っていた。

「ありがとう。それじゃ途中まで一緒に帰ろうか」

　2人は一緒に馬車に乗り込んだ。

　ジルはことのほかロランにその体を近づけて着座する。

「本日もリリアンヌさんの下に行かれるのですか？」

「いや、今日、リリィは出張で会えないんだ。だから自宅に帰るよ」

「そうでしたか。でしたら、あの、ロランさん、よければこの後……」

「ジル。その……僕は……」

「はい。分かっています。決してロランさんとリリアンヌさんの仲を邪魔しようというつもりはありません」

　ジルはロランに拒絶されそうな気配を感じて慌てて言った。

　その後も瞳を切なげにうるませながらしゃべり続ける。

「ただ、私の気持ちを知っていただければ。そしてこれまで通り私のことを鍛錬してくだされば、それだけでいいんです。私はそれだけで幸せです」

　今やジルの好意はロランのよく知るところだった。

『クリスタル・ウルフ』を討伐してキスを交わしたあの日以来、ジルはロランへの想(おも)いを隠さなくなっていた。

　彼女はロランと2人きりになれば、恋情を隠そうともせず、隙あらばロランに言い寄っていた。

そのたびにロランはきっぱりと断っていたのだが、ジルは何かの拍子に間違いが起こることを期待しているようだった。

(リリアンヌさんとの仲を邪魔するつもりはないけれど、ロランさんだってギルド長のお仕事大変だし、辛い時もあるはず。そのとき私がロランさんを支えることができれば……)

(参ったな)

ロランはついついジルの容姿に目をやってしまう。

神々しいまでの横顔、均整が取れている一方で艶めかしい肢体。

その胸はおそらくリリアンヌよりも大きい。

年齢も僅差ながらリリアンヌより若い。

しかし、その数年の差だけで彼女の肌はリリアンヌのものよりも一段と輝いて見えた。

これまでロランがジルに手を出してこなかったのは、指導者としての立場を弁え、鉄の意志で自分を律していたのと、自分では釣り合わないと思っていたからに他ならない。

しかし彼女が自分に好意を持っていると分かった今、その心は大いにぐらつきつつあった。

(いかんいかん。心が弱くなっている。気を引き締めなければ)

ロランはあらためて自分を戒め、彼女から目を逸らすのであった。

わずかな月明かりすら雲間に隠れる寂しい夜。

どうしようもなく切なさがこみあげてきて胸が詰まりそうになったモニカは、ロランの家を目指していた。

(ロランさん。どうしてリリアンヌさんのところにばかり行くんですか？　私も撃破数1位を取ったのに。確かに先に出会ったのはリリアンヌさんの方かもしれませんが……。でも、こんな風に寂しい夜くらい私の側(そば)にいてくれてもいいじゃないですか！　ロランさんっ)

今夜、ロランもリリアンヌもジルも、誰もが自宅に1人で帰っていることは、すでに『鷹の目(ホークアイ)』で確認済みだった。

こうしてみると『鷹の目(ホークアイ)』は使いようによっては、非常に強力なストーカースキルである。

モニカは贈り物を手に抱きかかえて、ロランの部屋の扉をノックした。

「はい。どちら様……、あれ？　モニカ？」

部屋から出て来たロランは、突然の訪問者に目を丸くした。

「こんばんは。ロランさん」

「どうしたの？　こんな夜中に」

「その、たまたま近くに寄る予定があったので、いつもお世話になっているお礼に。心ばかりの差し入れを……」

「これは。年代物のワインじゃないか」

ロランはワインの瓶を見て目を輝かせる。

「はい。お口に合うとよいのですが……」

「口に合うどころか、大好物だよ。ありがとう」

モニカはロランの好みの銘柄をすでに調査済みだった。

「あと、これも……」

モニカはバスケットに入ったパンやら肉やらをロランに差し出した。

いずれもワインによく合う食材で、そしてロランの好物ばかりだった。

ロランはついつい顔を綻ばせる。

モニカはロランのそのような顔を見て、ホッとした。

玄関から出てきた時は少し疲れているように見えたが、迷惑ではなかったようだ。

これなら次の段階に進めるだろう。

「あの、ロランさん、良かったらなんですが、これからお祝いしませんか？」

「えっ？　お祝い？」

「ええ、ロランさん、せっかく出世なさったのにまだお祝いのお言葉も言っていなくて」

「お祝いと言えば、君の方もまだだったね。せっかく撃破数1位を獲得したっていうのに」

モニカはロランが撃破数1位を覚えていてくれたことを知って胸がじんわりと温かくなった。

「みんな忙しい身ですし、集まってというわけにはいきませんが、せめて2人だけででもお祝いできればと思いまして……」

「それはもちろんいいんだけど……」

（今から飲みに行くのはちょっとなぁ）

ここから飲み屋までは一番近いところでもそれなりに距離がある。

いくら可愛い部下からの誘いとはいえ、流石にこの疲れた体でこれ以上外出するのは躊躇われた。

「ロランさん。よければなんですが……」

「ん？」

「ロランさんのお家でお祝いするというのはどうでしょうか？」

「えっ？　僕の家で？」

「はい。もちろん、ロランさん、ロランさんがよければなんですが……」

（お願いですロランさん、断らないで）

モニカは祈るような気持ちで心の中で懇願した。

「あー、うん。それはいいんだけど」

ロランは自分の部屋があんまり片付いていないのを思い出した。

そんな部屋に部下とはいえ、女の子を上げてもいいものだろうか。

モニカはそんなロランの不安を敏感に察知した。

「大丈夫ですよ。私、多少散らかってる部屋でも全然気にしませんから。私の部屋もいつも散らかってますし」

「えっ？　そう？」

「はい。だから、どうかお気になさらずに」

「うーん、まあ、君がそこまで言うなら」

（まだ、しばらくは忙しくなりそうだしな。彼女も頑張ったのに何もご褒美なしじゃ可哀想だし。お祝いもやれるうちにやっておいた方がいいか）

「分かったよ。それじゃ、上がっていって」

「ありがとうございます！」

「ただし、散らかってるのだけは本当に勘弁してもらうよ」

「大丈夫ですよ。きっと私の部屋の方が散らかってますから」

モニカはそう言いながらロランの部屋に入って行く。

ロランの部屋は思ったほど、散らかっていなかった。

ベッドとソファに衣類が散らかっている程度である。

（よかった。これくらいなら全然大丈夫だ）

あまりに汚すぎたらどうしようかと思ったが、これくらいなら少し片付ければ問題ない。

ロマンチックな気分を害されることもないだろう。

「ロランさん、私、お料理の準備しますので」

「ああ、ありがとう。それじゃあ、僕は部屋を片付けとくよ」

２人は台所と部屋に分かれて作業を始めた。

モニカはお皿やらグラスやらを机に並べて、ロランは衣類を畳んだ後、２人で机の前のソファに座った。

「それじゃあ、改めて撃破数１位おめでとう」

「ロランさんも『金色の鷹』ギルド長就任おめでとうございます」

２人はグラスに入れたワインで乾杯して、つまみを食べながら、和やかに雑談した。

来期のダンジョン攻略についても。

「聞くところによると、来期『金色の鷹』は第２部隊が『鉱山のダンジョン』を担当されるらしいですね」

「ああ、そうなんだよ。僕は彼らに『鉱山のダンジョン』攻略を命じるつもりだ」

「でも、いいのでしょうか？　来季も私達が『鉱山のダンジョン』を攻略する予定ですよ。その……お言葉ですが……、今の『金色の鷹』では私達に太刀打ちできないのではないかと」

「そうだね。彼らは君達に惨敗するだろう」

「いいんですか？　せっかくギルド長に就任されたのに、私達に負けちゃったらロランさんの立場がないんじゃ……」

「ああ、いいよ、いいよ。気遣いなんてしなくて。君達はいつも通り全力でダンジョン攻略に励んでくれ」

　ロランはそう言った後でハッとした。

「僕が今言ったこと、他の人には言っちゃダメだよ」

「ええ、それはもちろん」

　ロランはホッとした。

　モニカなら他言することはないだろう。

「あんまり大きな声では言えないけど、僕は彼らが負けると分かった上で君達にぶつけているんだ」

「そうなんですか？」

「そうだよ。本当は僕だってわざわざ彼らをこんな意味のない勝負に送り込みたくなんてないよ。でもしょうがないだろう？　そうしないと彼らは僕の邪魔をしてくるんだ。さんざん、ゴネるわ、命令無視するわ、逆らうわで、一体何が望みかと思いきや。まさか自分達の方から負け戦を申し込むのが望みだとはね」

ロランは自分の心が弱くなっているのを感じた。

普段ならこんな風に部下に対して愚痴をこぼすことなどないだろう。

美味しいお酒を飲んで、可愛い女の子に話し相手をしてもらっているから、というのもあるだろうが、『金色の鷹』での仕事に辟易しているというのが本当のところだった。

「こんなこと言いたくないけど、彼らは自分から自滅する道を選んだんだ。自業自得だよ」

ロランはそう言ってから、自己嫌悪に囚われたように頭を掻きむしった。

「はぁ。何やってんだろうな僕は。自滅しようとしている部下に予算を渡すなんて。やっぱり『金色の鷹』のギルド長なんて引き受けない方がよかったのかもしれない」

「ロランさんは悪くありませんよ」

「えっ？」

「そういう自分で自分の首を絞めたがる人はどこにでもいるものですから。だからその人達が負けたり、恥をかいたり、傷ついたりしたからといって、ロランさんが責任を感じることはありませんよ」

「モニカ……」

ロランは少しだけ安らかな気持ちになった。

「ありがとう。君のおかげで、少しだけ心が楽になったような気がするよ」

「いえ、そんな。ロランさんが私にしてくれたことに比べれば大したことじゃありませんよ」

「はは。君にそう言ってもらえると指導者冥利に尽きるよ。まあ、とにかく話を戻すとだね。彼らに手加減なんかする必要はないってことだよ。むしろ油断したり、同情したりして、足をすくわれるようなことになっちゃダメだよ。君は自分が冒険者として成功することだけ考えていればいいから」

「分かりました。それじゃあ、私、その第2部隊の人達をコテンパンにやっつけちゃいますね」

「ああ、頼むよ」

「ロランさんの足を引っ張る人は、私が全部やっつけちゃいます」

「はは。ありがとう。君は本当に素直でいい子だね」

ロランはモニカに、出来のいい生徒を褒めるような眼差し(まなざし)を向けた。

モニカはロランにこのように接せられると、ついつい居心地よくなってしまう。

（うう。どうしよう。ロランさんとずっとこのまま、こうしていたい）

本当はこんな風によき生徒と先生のような関係をずっと続けていたい。

しかし、このまま黙っていては、ロランはリリアンヌかジルの下へ行ってしまう。

（覚悟を決めるのよモニカ。大丈夫。ユフィネの真似(まね)をすればロランさんだってきっと……）

「ロランさん、お酒が無くなってますよ。どうぞ」

モニカはロランのグラスにお酒を注ぐ。

「ああ、ありがとう」

ロランはモニカの入れてくれたワインを心ゆくまで味わった。

「ふぅ。それにしても暑いですね」

モニカは上着を脱いでノースリーブの薄着になった。

ロランは彼女の姿を見て理性が吹き飛びそうになる。

というのも彼女の薄着から覗(のぞ)くふくらみは、ジルに勝るとも劣らないものだったからだ。

「どうかしましたか？」

モニカは不思議そうにロランの顔を見ながら尋ねる。

その上、前屈(まえかが)みになり、ロランに胸が見えやすいような姿勢をとる。

「えっ、いや、なんでもないよ」

ロランは慌ててモニカの胸から目を逸らした。

その後もモニカは肩を当てたり、腕に触れたり、時には胸をロランの腕に当てたりした。

ロランの方もこういった遊びは満更でもないようで、ロランの方から彼女の肩に触れることさえした。

モニカはロランに触れたり、触れられたりする度に顔が真っ赤になるほど恥ずかしくなったが、その一方でホッとしていた。

どうやら自分は生理的なレベルで嫌われてはいないらしい。

少なくとも体に触れられるのも嫌なタイプではないということだ。

(よかったぁ)

モニカは心の底から安堵した。

もしこの時点で拒絶されたならば、一生立ち直れないところだった。

あとはどこまで自分の想いに応えてくれるかである。

「おっと。もう、こんな時間か」

ロランは時計を確認して、驚いた。

話し込んでいたらいつの間にか深夜だった。

「そろそろお開きだね。送っていくよ、っと」

ロランは体が揺れているのに気づいた。

（いかん。飲み過ぎたか）

「ロランさん、無理しないでください。もう少し、楽しみましょうよぅ」

モニカは彼の腕を取って、もう一度ソファに座らせようとする。

もう少し時間が経てば、ロランもモニカに帰れと言い辛くなるだろう。

「いや、でも君、もうそろそろ帰らないと……」

「私なら、全然大丈夫ですよ。平気ですから」

「いや、でも……」

「なんなら、泊まっていきましょうか？」

「えっ？」

ロランは初めてモニカの顔を見るような目で見た。

「大丈夫ですよ私、もう大人ですから」

「いや、いくら大人だからって君……」

「いいじゃないですか。少しくらい羽目を外したって。それともロランさん、私と一緒にいるのは嫌ですか？」

「いや、嫌とかそういうことじゃなく……」

「その、私はロランさんのこと好きです」

モニカは顔をかあっと赤らめながら言った。

「モニカ、困るよ僕は……」

「もちろん、ロランさんがリリアンヌさんとお付き合いしているのは知ってます。だから、その……2番目でもいいので」

「何言ってるんだよ。ちょっと冷静になって」

「うっ、ロランさん。どうしても私のこと好きになってくれませんか？」

　モニカは涙ながらに聞いた。

「ごめん。君のこと嫌いなわけじゃないんだけど。その、リリィのことが好きなんだ。一番辛(つら)かった時に助けてくれて。だから彼女のことを大切にしたい」

「うっ、ぐすっ」

（私だってロランさんが辛い思いをしていると知ったら、駆けつけてどんなことしてでも支えるのに。こんなことならもっと早くロランさんに好きって言っておけばよかった。時間を巻き戻してロランさんと出会った頃に戻りたい）

　しばらくの間、モニカはその場でさめざめと泣き続けた。

　ロランは何もせず彼女の側(そば)で見守った。

　やがて涙も涸(か)れたころ、ロランはモニカを抱き起こした。

「大丈夫？　立てるかい？」

「はい。あの、ロランさん。今日はごめんなさい。わがまま言ってしまって」

「いいんだ。僕の方こそごめん。君がそこまで思い詰めていると知らなくて。さ、今日はもう帰ろう。送っていくから。明日には普段通りの君でなければだめだよ」

ロランはモニカを彼女の自宅まで送り、その後何事もなく別れた。

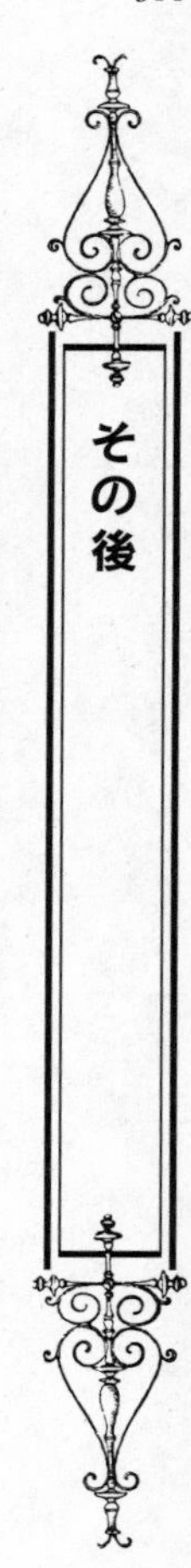

その後

ロランはダンジョンに来ると自分の部隊を集合させた。

来期のダンジョン攻略前、部隊に顔を出せる最後の機会だった。

「よし、みんな揃ってるね」

ロランは集合した顔ぶれをざっと見回しながら言った。

さっとステータスをチェックする。

（うん。問題ない）

ロランは自部隊の状態に満足すると話し始めた。

「聞いての通り、『金色の鷹』からは第2部隊が『鉱山のダンジョン』に派遣される予定だ。セバスタがいなくなったとはいえ、彼らは経験豊富なベテランの精鋭ぞろい。鍛錬も怠りなく、ダンジョン攻略への準備は万端だ（と、いうのは嘘だけれどね）。君達といえども油断したら足をすくわれるだろう。各自、ダンジョン探索に備えて準備を怠らないように」

「はい、はーい。質問です」

ユフィネが手を挙げた。

「なんだい？」

「ロランさんは私達と『金色の鷹』どっちの味方なんですか？」

部隊の間にピリッとした空気が流れる。

ロランは和やかな態度を崩さずに受け答えする。

「いい質問だ。一言で言うとどちらの味方でもあり、どちらの味方でもない」

「というと？」

「知っての通り、僕は今や『金色の鷹』のギルド長だ。しかし、『魔法樹の守人』の籍も失っていない。そういうわけでロラン隊隊長としての職務を遂行しつつ、『金色の鷹』のギルド長として第2部隊の支援もしなければならない。微妙な立場なんだ。どちらにも過剰に肩入れできない」

「なるほど。つまりロランさんからすれば、どちらが勝っても問題ないと？」

「んー、事情はもう少し複雑だけれども、まあそういうことにしておこうか。とにかく、僕は次回のダンジョン探索には参加せず、両部隊の勝負を公平に見守るつもりだ。1つ言えるのは、勝負は常に時の運。微妙な差によって決まる。君達には決して油断せず悔いの残らないように戦って欲しい。説明は以上だ。他に何か質問はあるかい？　ないね。それじゃあ各自最後の調整に入るように」

ロランが各自のスキルやステータス、装備の状態に応じて最後のアドバイスをしていると、モニカが近づいて来た。

「ロランさん」

「ん？　なんだいモニカ」

「『串刺』の運用についてなんですが……」

「ああ、それなら……」

ロランは話しながらモニカがいつも通りに接してくれることにほっとしていた。

先日の彼女はただ事ではない様子だったので、これまで通りの関係を続けられるかどうか心配だったが、今のところ問題はなさそうだった。

今後も注意深く経過を見守る必要はありそうだが、とりあえずは問題ないだろう。

モニカもロランが普段通りに接してくれてることにほっとしていた。

邪険に扱われたらどうしようかと内心ビクビクしていたのだ。

しかし、今のところそのような兆候もない。

これまで通りの関係を続けられそうだ。

モニカとてまだ失恋の痛みを乗り越えられたわけではない。

事実、こうして彼の優しい笑顔を見ていると、胸の奥がチクリと痛むが、それでも関係性が破綻するのだけは避けたかった。

（もうわがまま言って困らせたりしません。だから、もう少しだけあなたのこと見つめさせてください。ロランさん）


『魔法樹の守人』でリリアンヌは、警察を迎えていた。

ルキウスの捜査に関することで相談を受けるためだ。

「では、まだルキウスは捕まっていないのですか？」

「ええ、我々も全力で捜査しているのですが……」

警察は申し訳なさそうに言った。

リリアンヌは腕を組んで難しい顔をする。

（ここまで追い詰められて、なおまだ降参しないとは。彼もなかなか往生際の悪い人ですね。もう復権のチャンスがないことくらい分かるでしょうに）

「非常線は張り続けているので、まだこの街にはいるはずなのですが……。『魔法樹の守人』様の方で何か手がかりは摑めていませんか？」

警察がおずおずと尋ねた。

「ありませんね。そんなものがあればすぐにでもそちらに報告していますよ」

「はあ……。やはりそうですか」

警察は悄然として、うなだれた。

リリアンヌは目の前の男のことが気の毒になってきた。

ここ数ヶ月、何度も冒険者が事件を起こしていることもあって、当局もかなり神経質になっていた。

彼も何か手がかりを持って帰らなければ上司にどやされるのだろう。

「元気を出してください」

リリアンヌは明るい声で言った。

「大丈夫ですわ。犯人の足跡を地道に追って、粘り強く捜査すれば必ず捕まるはずです」

「我々も心当たりは全て洗っているのですがね。どうにも手掛かりがなくて……」

「ではルキウスの知人や親戚に意見を求めるというのはどうでしょう? ルキウスと親しい方なら私達よりも彼の性格や行動に精通しているはず。彼の立場になって、彼の考えそうなことを教えてくれるかも」

「なるほど。確かにそれはいい考えですね。早速、当たってみましょう」

警察は来た時より幾分か元気を取り戻して、『魔法樹の守人』を後にするのであった。

「ルキウスの考えそうなこと……か」

警察の帰った後、リリアンヌは部屋で1人腕を組んで考えてみた。

(『金色の鷹』に復帰するのが無理となれば、ルキウスの考えそうなことは何だろう?

……まさか！　ロランさんを？）

リリアンヌの脳裏に最悪のシチュエーションが思い浮かんだ。

一応、以前からリリアンヌはロランに護衛をつけるよう提案していたが、ロランはそれを笑って流していた。

護衛など必要ない。

自分はそこまで偉い人間でもない、と。

（ロランさんは護衛など必要ないと仰っていましたが、どうにも心配です。何が起こるか分かりませんし、念のため、私の方で手を打っておいた方がいいかもしれませんね）

ロランは『金色の鷹』の部隊編成会議に望んでいた。

会議の席にはアリクやイスト（第２部隊の隊長）を始めとしたお馴染みのメンバーが顔を揃えている。

（もう予算の配分は決まっているし、部隊の顔ぶれについても固定されて、イジるところもない（というか、変に干渉したらまた反発されそうだしね）。これ以上揉めるところがあるとしたら……）

「ギルド長。提案があります！」

第２部隊隊長のイストが身を乗り出してきた。

「なんだい？」

「ジル・アーウィンを我が第2部隊に加えていただきたい」

（やっぱりそう来たか）

彼らがダンジョン攻略に自信があったのも、ひとえにこの土壇場でジルの力を頼みにしようと考えてのことだった。

しかし、ロランとしてはそのような負け戦にジルを使いたくはなかった。

ロランはイストのステータスを『鑑定』する。

【イストのステータス】
腕力（パワー）：40－80
耐久力（タフネス）：40－80
俊敏（アジリティ）：20－60
体力（スタミナ）：60－100

（よくもまあ、このステータスで『鉱山のダンジョン』に行きたいなんて大それたことを言えたもんだ）

まさしくそれは政争に明け暮れて鍛錬を怠った冒険者のステータスだった。

今の彼らでは、モニカ達に勝つどころかダンジョンの5階層に到達した時点で体調不全を起こしてしまうだろう。

「ギルド長。『鉱山のダンジョン』攻略は我がギルドにとって最優先事項。どうか最大限の支援をお願いします」

「そうか。ジル、君はどう思う？」

「は。私はギルド長のご命令とあらばどこへでも行く所存です。しかし、私の希望としましてはギルド長のお側に仕えたいと思っています」

ジルはあらかじめ言おうと決めていた通りのことをそのまま言った。

「そうだね。僕も同意見だ。ジルはSクラス。1人で戦局を変え得る力を持っている。どのダンジョンに投入するかは、各部隊のダンジョン攻略状況を見て、有利不利をしっかり見極めた上、ここぞという場面で投入するのが一番だと思う」

ロランがそう言うと、イストは不満げに顔をしかめ、何か言おうとする。

しかし、ロランはそれを手で制した。

「イスト、君の言いたいことはよく分かる。だが、僕は全体のことを見て判断しなければならない」

「しかしですね、ギルド長……」

「大丈夫。心配しなくても、第2部隊は『魔法樹の守人』の精鋭に十分太刀打ちできる。

いやそれどころか圧勝して余りあるほどの戦力が備わっている。僕はそう思っている」

イストはそれを聞いて喉まで出かかっていた言葉を引っ込める。

「僕は第2部隊に所属している中の数名にはSクラスに匹敵するポテンシャルがあると思っている。今期のダンジョン攻略でSクラス冒険者が複数輩出されることもあり得るだろう。僕が恐れているのはジルを配備することでむしろ君達の成長を阻害し、ポテンシャルを発揮する機会を逃してしまうのではないか、ということだ」

アリクはロランの言葉を聞いて顔をしかめる。

（ロラン。いくらなんでもそれは……。そんな見え透いたお世辞を言われて誰が喜ぶものか）

しかし、イスト達はあっさりとロランの口車に乗った。

（なんと！　ギルド長はそこまで高く我々を評価してくれていたのか。いけすかない若造だと思っていたが、なかなかどうして見所があるじゃないか）

「ギルド長。来期のダンジョン攻略。必ず成功させてみせます！」

「うん。期待してるよ」

アリクはイストの能天気さにポカンと口を開けずにはいられなかった。

第2部隊の面々はスキルとステータスの粉飾をするあまり、自分達の素の実力さえ忘れてしまったようだ。

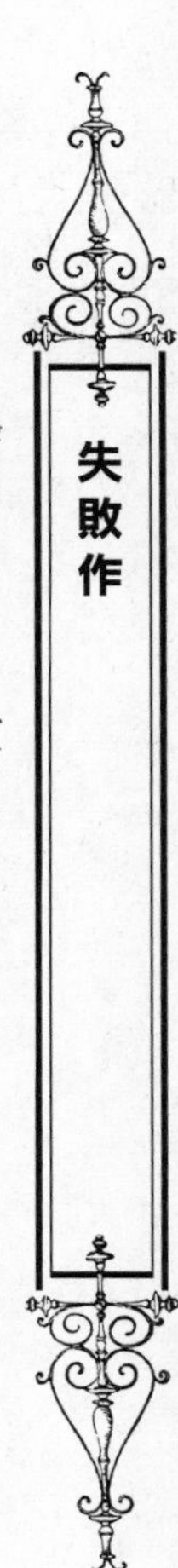

失敗作

ディアンナは夜の帳が降りた街中を不貞腐れながら歩いていた。

今日も今日とて、『金色の鷹』でひたすら雑用をこなし窓際の虚しさをたっぷり感じた上で、帰宅しているところだ。

「全く。ロランったらあからさまに冷遇してくれちゃって。私が何をしたっていうのよ」

ディアンナはそうひとりごちた。

（毎日毎日、雑用の嵐。こんなことばかり続くようなら、いっそのことやめちゃおうかしら）

しかしここよりも給与のいい場所なんてそうない。

今のリッチな生活を続けていくためには、『金色の鷹』で窓際社員の侘しさに耐え続けるしかなかった。

ディアンナがそうしてやり切れない思いをしながら歩いていると、突然目の前にホームレス然とした男がヌッと現れる。

ボサボサの髪、ボロボロに朽ち果てた服装、頬は痩せこけて、目は落ち窪んでいる。

それなりにがっしりとした体格なのでまだ若いようにも見えたが、上記の特徴のせいで老いさらばえているようにも見えた。

落ちぶれた冒険者だろうか。

ディアンナは男を無視して通り過ぎた。

しかし、男はディアンナを追い越して、また前に立ち塞がる。

ディアンナはイライラしてくる。

(全く。この紋章が見えないの？　私は『金色の鷹』の人間なのよ。あんたごときが話しかけられる相手じゃないのよ)

「さっきから何？　邪魔なんだけれど！」

ディアンナはキツイ調子で言った。

「あいにくこっちは余裕がないのよ。物乞いなら他を当たって！」

権高で冷然とした言い様だった。

彼女にこのように言われて、身が竦まない男はそう居ない。

しかし、目の前の男は全く動揺せず微動だにしない。

ディアンナは不気味になってくる。

(なんなのこいつ？)

「俺のことを忘れたのか？」

男が喋り始めた。

ディアンナはその声を聞いてハッとする。

「その声……。あなた、まさか……」

「そうか、やはりお前はロランに……」

男はそう言って肩をワナワナと震わせたかと思いきや、ディアンナにつかみかかって、口を塞ぎ、物陰に引きずり込んだ。


夜の闇が街を覆い、賑々しかった酒場からも人気が無くなり、街がひっそりと静まり返った頃、ロランは自宅に辿り着いていた。

(ふー。結局、見つからなかったな。チアル)

事の発端は些細な言い争いだった。

『精霊の工廠』で銀細工品評会の打ち合わせをしていたところ、品質とコストに関してランジュとチアルの間に意見の相違が見られた。

ロランはランジュの意見をとったが、へそを曲げたチアルが工房を抜け出してしまったのだ。

そのままチアルは行方をくらましてしまう。

その後、ロランは取れる限りの手段を尽くしてチアルのことを捜索して回った。

チアルの自宅を訪れてご両親にも捜索を手伝ってもらったし、警察にも捜索願を出した。

『金色の鷹』と『魔法樹の守人』の動かせるだけの人間を使って、エルフの少女を捜しまわらせた。

しかし、結局、彼女の行方を知ることはできなかった。

（全く。チアルの奴、どこ行ったんだよ）

ロランがそんなことを考えながら自室の部屋に辿り着くと、郵便受けに封筒が入っているのが見えた。

（なんだろう？）

ロランが包みを剝がすと、中から出て来たのは、ひと束の銀髪と、血に塗れた手紙。

胸騒ぎを感じたロランは、急いで手紙の文面に目を通す。

「エルフの娘は預かった。

返して欲しくば1人で『森のダンジョン』7階層の洞窟まで来い。

ルキウス」

（ルキウス!?　まさかこの血はチアルの……）

「チアルが危ない！」

ロランは部屋にあった剣だけ身に着けると部屋を飛び出してダンジョンへと急行した。

（くそっ。よりによってルキウスに捕まるなんて）

ロランは闇に沈んだ街を駆けていく。

そうしてロランが部屋を飛び出し通りの向こうに姿を消すと、物陰から人影が躍り出た。

その人物はロランの部屋の前まで行くと、ロランが落としていった手紙を拾いあげて胸元にしまい、音もなく走り出し、街のどこかに姿を消した。

ロランは『森のダンジョン』７階層の洞窟前の入り口に辿り着くと、木陰に身を隠して周囲の様子をうかがった。

（７階層で洞窟というと、ここだけだったはず……）

地面から隆起した岩山にポッカリと空いた穴。

ロランは目を凝らして洞窟の内部を見ようとする。

しかし、夜の帳が降りたダンジョン内において、真っ暗な洞窟の内部まで見通すことはできなかった。

（ルキウスの奴、なかなか捕まらないと思いきや、ダンジョンのこんな場所に潜んでいたとは。どうする？　乗り込むか？）

ロランは剣の柄をぎゅっと握りしめた。

失敗は許されない。

もし、失敗すればチアルの命が……。

（必ず助け出す。チアルは僕のために祈りを捧げて、泣いてくれたんだ。彼女を死なせはしない！）

ロランの脳裏に彼女の泣き顔と弾けるような笑顔が思い浮かんだ。

ロランは再び洞窟を睨む。

（洞窟内には何か罠があるかも。ただでさえルキウスは元Aクラス冒険者。正面から行っては不利か？）

ロランは逡巡したが、それでも洞窟に入ることにした。

（迷っている暇なんてない。こうしている間にもチアルの身に危険が迫っている）

ロランは例の血塗れの手紙を思い出した。

今のルキウスは放っておいたら、何をしでかすか分からなかった。

ロランは洞窟に潜り込む。

ロランは洞窟に入ってすぐのところで、何かにつまずいた。

「っ、うわっ」

倒れそうになるところをとっさにバランスをとって踏みとどまる。

（なんだ？　罠か？）

急いで自分の足下に灯りを当てると、そこには血塗れになったディアンナが横たわっていた。

ロランは息を呑む。

（ディアンナ！　まさか、ルキウスにやられて……）

彼女の状態は酷いものだった。

顔はかろうじて無傷のままでいるものの、体の至る場所から血が出ていた。

何箇所も刺されたようだ。

ロランはゾッとした。

やはり今のルキウスは普通ではない。

このままではチアルに対しても何をしでかすか分からなかった。

ロランは洞窟の奥に向かって急いだ。

ロランはしばらく一本道を下っていたが、そのうち洞窟内の広い空間につながる出口へと辿り着いた。

そこからは灯りが漏れていて、人の気配がする。

ロランは壁に背中をつけながら出口の方をうかがった。

すると、微かにうめき声が聞こえてきた。

少女のか弱い声だった。

「チアル！　いるのか？」

ロランが開けた部屋に駆け込むと、足下に短剣が飛んで来た。

「そこで止まれ！」

ロランは金縛りにあったように、走り込んだポーズのまま立ち止まった。

そのまま、首と目だけを動かして声が飛んで来た方向を見る。

そこにはチアルを抱きかかえたルキウスがいた。

「ルキウス……」

「よく来たなロラン」

「んんー。うーん」

猿轡を噛まされたチアルは、ロランに向かって必死に声を上げようとする。

ルキウスの腕を振り解こうと必死にその小さな体をよじって、抵抗している。

「チアル！」

「んー」

「動くな！　動けばこの娘の細い喉をこの剣で掻き切るぞ！」

ルキウスが持っている剣をチアルの喉に当てる。

チアルは首元に刃のヒヤリとした冷たさを感じて、ピタリと動きを止める。

ロランは素早くチアルの体に目を走らせた。

ルキウスはまだ彼女に危害を加えてはいないようだ。

彼女は猿轡を噛まされ、腕を後ろ手に縛られているものの、体に外傷らしきものは無い。

目もまだその輝きを失っていない。

しかし、予断を許さない状況であることに変わりはなかった。

「ルキウス。君の狙いは僕だろう？　チアルを、その娘を解放しろ！」

「ククク。まだこいつを解放するわけにはいかんな」

ルキウスはげっそりと痩せこけた頬を歪めて笑いながら言った。

「ロラン、お前にはやってもらうことがある」

「何？」

「俺はお前のせいで、ここ数週間、まともな食い物にもありつけず、昼は暗い洞窟の中を彷徨い、夜は硬い地面に身を横たえ、常に警吏の目に怯えながら過ごしていたんだぞ。お前がギルド長の椅子の上でぬくぬくと過ごしている間、ずっとだ！」

「……」

「それを今更、たかがお前の命を奪ったところでなんになる？　そんなことで俺の気が済むと思っているのか？」

「なら何が望みだ。街から逃げることか？　それとも金か？」

「今更、そんな小金になど興味はない。俺が望むもの。それは『金色の鷹』ギルド長の地位だ！」

ロランはポカンとした。

（ギルド長の地位だって？　そんなバカな。警察に追われている身で、ギルド長になりたいなんて、何を言っているんだこいつは？）

何よりも彼は一線を越えてしまった。

ディアンナを殺害したのだ。

もう、後戻りはできない。

ロランはそう思いつつも、口に出すのは躊躇われた。

今のルキウスを下手に刺激するのは危険だった。

「ルキウス。ちょっと冷静になってくれ。君は今、警察に追われている身で……」

「黙れ！　俺はお前に全てを奪われたんだ。今度は俺がお前から全てを奪い返す番だ！」

「そんなこと言ったって……」

ロランは絶望的な気分になった。

ルキウスの要求は非常識なものだった。

彼はもうすでにおかしくなったのかもしれない。

「しのごの言わず、さっさと準備をしろ。今すぐ『金色の鷹』のギルド長の椅子を俺に譲るのだ。さぁ早く！　さもなければ、このエルフの長い耳をそぎ落とすぞ！」

ルキウスはチアルの耳に刃を当てる。

刃がチアルの耳に薄い切り傷を付ける。

その痛みがチアルを過敏に刺激したようだ。

チアルが暴れ始める。

「んー！　んー！」

「チッ、このっ、大人しくしろ！」

ルキウスがチアルを地面に組み伏せて頭を押さえる。

剣を彼女の顔の近くに突き立てた。

「やめろ。その子に、その子にだけは乱暴をするな！」

「ロラン、あくまで地位を譲るつもりはないというわけか。ならいいだろう。こちらが本気だということを見せてやろう」

ルキウスはチアルの頭を踏みつけ、剣を振りかぶる。

「よせ！　何をする気だ!?」

「人質が必ずしも五体満足でいる必要はない」

「やめろ！」

ルキウスの剣がチアルの細い腕に向かって振り下ろされる。

ロランは急いで彼女の下に駆けつけようと、手を伸ばすが、この距離ではとても間に合わない。

その時、１本の矢がルキウスの腕を貫く。

「ぐあっ」

ルキウスは矢の勢いそのままに体を後ろによろめかせ、倒れ込んでしまう。

チアルはその隙に立ち上がって、ロランの下に駆け寄った。

「んー、んー」

「チアル！」

ロランは走り込んできたチアルを受け止めて、猿轡と後ろ手に縛っている縄を解いた。

チアルはロランの足に抱きつく。

「わーん。ロランさぁん」

「チアル、大丈夫かい？」

「ううっ、ぐすぐす。ごめんなさい。勝手に抜け出したりして」

「いいんだ。よかった。君が無事で」

そう言いながらロランは周囲を見回した。

先程矢を飛ばした主を探すために。

「ぐ、うああ。誰だ。よくも。俺の腕を」

ルキウスは腕を押さえながらうめき声をあげる。

まともに起き上がれないようだった。

与えられたダメージは相当なもののようだ。

射手の放った矢は、命中精度といい、威力といい並外れたもので、達人の域と言っても過言では無い。

この街でこのような『弓射撃』ができる者と言えば……。

「大丈夫ですか。ロランさん？」

モニカが岩陰から現れる。

「モニカ!?　どうして君がここに……」

「それは……」

「私が彼女に依頼しました。ロランさんの周囲を警備するように、と」

上空の岩の隙間から、スイッと杖（つえ）に跨（また）がった魔女が現れる。

「リリィ……」

「ルキウスが捕まらないこと。ずっと気にかけていました。そこでモニカの『鷹の目（ホークアイ）』であなたの周囲を警備するよう、数日前から命じていたのです」

（そうだったのか）

それを聞いて、ロランはようやく先日の夜のことに合点がいった。

どうしてモニカが折よく自分が1人の時を狙って部屋に訪れることができたのか。

彼女はリリアンヌの命に従ってずっと自分の動向を監視していたのだ。

そこにさらに鎧(よろい)を着た女騎士が走り込んで来る。

「ロランさん、大丈夫ですか？」

「ジル、君まで……」

「いざという時、彼女にもすぐ連絡が行くよう、モニカに指示を出しておきました。彼女はこの街でも指折りの俊敏(アジリティ)の持ち主なので。さて……」

リリアンヌはルキウスの方に向き直る。

「ルキウス。あなたの命運もここまでです。おとなしく警察に出頭しなさい。さもなくば……」

「う、ぐっ」

ルキウスはどうにか矢のダメージから立ち直って起き上がってはいるものの、今や彼は街でも名うての冒険者3名によって完全に包囲されていた。

モニカは遠目から矢を構えて狙っているし、リリアンヌは上空から杖をかざしている。

ジルはルキウスの前に立ちはだかってその鉄壁の防御でもって、ロランとチアルを守っていた。

ジルはジロリとルキウスをにらんだ。

かつてはギルド長として尊敬の眼差しを向けていたその瞳には、今や軽蔑の感情以外何物も宿っていなかった。

彼女は並ぶ者のいない美貌の持ち主だが、それゆえにその眼差しはどこまでも残酷だった。

逃亡生活に身をやつし、消耗したルキウスに耐えられるものではなかった。

「ひっ……」

「ルキウス。貴様、数々の不正と背任を犯しただけでは飽き足らず、このような年端もいかない少女を誘拐した上、ロランさんの命まで狙おうとするとは。外道が！　そこになおれ。貴様如き司法の手に委ねるまでもない。今、この場で私が叩き斬ってくれる！」

ジルは剣を抜いてルキウスに詰め寄る。

「う、あ、あ」

彼の青白い顔はさらに青ざめ、痩せこけた顔はさらに痩せ細り、その顔を醜く歪めた。

ジルは冷笑を浮かべた。

「憐れだな。今の醜い化け物のような姿、それが貴様の真の姿というわけだ。化けの皮は剝がれた。ロランさんの評価と功績を盗み、偽りの王冠と玉座で身を固めたその報いだ」

ジルは剣を振りかぶる。

ルキウスは必死に後ずさりした。

「や、やめろ。俺は悪くない」

「何？」

「悪いのはソイツだ。ロランなんだ」

「貴様、此の期に及んで、まだわけの分からない言い訳を……」

「俺は悪くない。俺はソイツが、ロランがギルド長になれと言ったから……」

「まだ言うか！」

「待て、ジル」

ロランはジルの肩を摑んで彼女を制止した。

「ロランさん？」

「そう。確かに僕は君がギルド長になれるよう様々な支援をした。君が栄光に浴するよう、自分はサポートに徹し、君に華を持たせ、自分の出世を後回しにしてまで」

ロランは苦々しい顔をしながらルキウスを見下ろす。

「僕は君がギルド長になるよう後押しした。君にはギルド長の資質があると思ったから。なのに……」

ロランはルキウスを『鑑定』した。

今、ロランの目にはルキウスのスキルとステータスがあるがままに映っていた。

それはロランの思い描いていた理想からは程遠いものだった。

「どうやら……、君は失敗作だったようだ」

ロランはその口調に強い失望感をにじませながらそう言った。

「ロラン、貴様ァ！」

ルキウスは弾かれたように立ち上がり、ロランに襲いかかろうとする。

ジルは剣を構えるが、ロランは彼女を遮った。

「ロランさん？」

「半分は僕の罪だ。だから、せめて僕の手で……」

ロランは持参した剣で、一刀の下、ルキウスを斬り伏せた。

彷徨える鷹

新しい月がやってきた。

古いダンジョンは閉じて、新しいダンジョンが出現する。

新たな戦いが始まったのだ。

冒険者達(たち)はまだ見ぬ栄光と獲物を求めて意気盛んにダンジョンへと向かう。

それとともに、『魔法樹の守人』ロラン隊と『金色の鷹(たか)』イスト隊の戦いの火蓋が切られる。

イスト率いる第2部隊はロランの予想通り5階層まで持たず息切れした。

激しい戦いを覚悟していたモニカ達は、あまりの手応えのなさに拍子抜けするほどだった。

イスト達は敗色濃厚だったにもかかわらず、それでも無理してモニカ達の後を追ったものだから、階層の途中で力尽き、立ち往生する羽目になった。

『金色の鷹』は彼らのために救援隊を出す必要に迫られる。

ロランは止(や)むを得(え)ず、ジルに部隊を編成させ第2部隊の救援に向かうよう命じた。

かくして、大方の予想通り『鉱山のダンジョン』は『魔法樹の守人』の手に落ちる。

モニカ達は街でも最強の部隊として人々の称賛を一身に受け、逆に第2部隊はその面目を潰して、人々の失笑と嘲弄を買う羽目になった。

第2部隊は近く解体される予定だという。

何はともあれ、ダンジョンは無事攻略され、今月も『冒険者の街』には富と栄誉がもたらされた。

数日後。

その身なりのいい男は、馬車の停留所で地図を片手にキョロキョロとあたりを見回していた。

そうしていると、これまた身なりのいい男に声をかけられる。

「おや、あなたは確か銀行家の……」

「そういうあなたは……エルセン伯爵……」

2人は特段親しいというわけではないが、見知った仲だった。

上流階級のパーティーで何度か顔を合わせ握手を交わしている。

「珍しいですな。領主殿が自由都市である『冒険者の街』までやって来るとは」

「ダンジョン攻略を祝して、パレードがあると聞きましてな。自由都市とはいえ、一応領内ですから。たまには視察しようと思いましてね」

「なるほど」

「一度は冒険者達の勇ましい姿を見ておきたい。それはそうと、あなたは一体どういった御用向きで？」

「『金色の鷹』の月次報告を聞きに行くためですよ」

「そうか。確かあなたの銀行は『金色の鷹』に出資していましたっけ」

「まさしく」

「では目的の人物は同じですな」

銀行家がキョトンとしていると、エルセン伯は意味ありげに笑った。

「ロランですよ。私も彼に会いに行くところでしてね。どうです？　馬車を相乗りしていきませんか？」

銀行家は少し警戒するようなそぶりを見せたが、肩をすくめた。

「私の身分で領主殿の誘いを断るわけにはいきませんな」

エルセン伯は磊落に笑った。

「何もそこまでかしこまる必要はありませんよ。ここは自由都市です。身分のことは忘れましょう。まあ、だが、誘いに乗ってくれるなら幸いだ。お、ちょうど馬車が来ましたよ。あれに乗りましょう」

２人は来たばかりの馬車に乗り込んだ。

御者がトランクケースを受け取って荷物置きに収納してくれる。

エルセン伯と銀行家はしばらく馬車に揺られながら雑談した。

そのうち遠くから歓声が近づいてくる。

「おや？　すごい歓声だね」

「パレードが近づいているようです」

「おお、これが『冒険者の街』で行われる祝福のパレードか。どれどれ。ここから見ることができるかな？」

エルセン伯は身を乗り出して、窓の外を眺める。

馬車は街の小高い丘を通っているところだったので、眼下に街を練り歩く冒険者達と、道の脇から歓声を送る人々の様子を見ることができた。

3つのダンジョンを攻略した、ロラン隊、リリアンヌ隊、アリク隊がそれぞれ街の人々から祝福されている。

その中でもやはり、人気があるのはモニカだった。

他の部隊の2倍近い人数が、彼女の率いる隊列に集まって声援を送っている。

今や、彼女は『魔法樹の守人』と『冒険者の街』の新たなシンボルになりつつあった。

パレードの先頭に立って、紋章のついた旗を振りかざし、街の人々の喝采を浴びている。

「あれが『魔法樹の守人』の弓使い（アーチャー）として名高いモニカ・ヴェルマーレか」

「前期に引き続き、今期も撃破数1位を記録したそうですよ」

　エルセン伯はちょっと好色な視線をモニカに向けた。

「可愛らしいお嬢さんだ。まだ、若さゆえの未熟さはあるが、もう2、3年もすればいい具合の美人になる。ジルやリリアンヌにも匹敵する美女になるやもしれん」

　堅物の銀行家はエルセン伯の言葉に眉をひそめる。

　エルセン伯は苦笑した。

「そう難しい顔をするな。あれがロランの力だよ。石くれの中から、ダイヤの原石を見つけてきてはピカピカになるまで磨き上げるのだ」

　エルセン伯がそのように言って誤魔化すと、銀行家は面白くなさそうに腕を組んで座り直した。

「まったく。『魔法樹の守人』は飛ぶ鳥を落とす勢いのようですな。ダンジョンも攻略して、人気の冒険者も輩出して。我々は商売あがったりだと言うのに」

「やはり『金色の鷹』が再び立ち上がるのには時間がかかるのかね？　ロランがギルド長に就任したと聞いたが……」

「彼は『金色の鷹』のギルド長を辞任しましたよ」

「辞任？　なんでまた？」

「ルキウスの変化に思うところがあったようです。まあ、彼の気持ちも分からんでもないですがね。私も長年この仕事をしていますが、実際、経営者を育てるというのは難しいことですよ。大きな権力を与えるとすぐに傲慢になり、増長してしまう。特に若い経営者はね。彼らの振る舞いは、まるで自分は何をやっても許されると考えているかのようだ。すでに自分は何かを成し遂げたと勘違いしているのかもしれません。地位に就いたところでまだ始まりに過ぎないというのに」

「それで？　肝心のロランは今、何を？」

「彼は育成に専念するとのことです。『金色の鷹』でも特別顧問として籍を置いています」

「ふむ。そうか……」

エルセン伯は頬杖（ほおづえ）をついて窓の外を見る。

（とにもかくにも『金色の鷹』のギルド長はまたもや空位になったというわけだ）

エルセン伯は『金色の鷹』の建物の方に目を向けてみた。

立派な講堂の天井に飾られている鷹の像、『金色の鷹』のシンボルであるその像は、どこか寂しげに佇（たたず）んでいた。

いつもは遥（はる）かな高みから獲物を狙って地上を鋭くにらんでいるその鷹も、今は主人を見失って彷徨（さまよ）い、途方に暮れているようだった。

あとがき

『追放されたS級鑑定士は最強のギルドを創る』第3巻をお買い上げいただきありがとうございます。

今巻では複数いるヒロインの活躍と主人公の活躍を両立させるのに苦労しました。たくさんのキャラクターの個性を描きつつ、活躍させるのは骨の折れる作業でありながら、やりがいのあることです。

また今巻では、主人公とヒロイン達の関係性をｗｅｂ版から大きく変えてみました。ｗｅｂ版のロランさんは女性に弱く好色な一面もあり、迫ってくるヒロイン達に次々と手を出してしまいますが、書籍版ではリリアンヌ以外には一線を越えることのない硬派な感じにしてみました。

私としてはどちらのロランさんも好きですが、皆さんにもそれぞれの良さを楽しんでいただけていれば幸いです。

さて、ついに決着のついたロランとルキウスの戦いですが、物語はもう少し続きます。

次巻もお付き合い下さると幸いです。

瀬戸夏樹（せとなつき）

追放されたＳ級鑑定士は最強のギルドを創る ３

発　行　2020年7月25日　初版第一刷発行

著　者　瀬戸夏樹
発行者　永田勝治
発行所　株式会社オーバーラップ
〒141-0031　東京都品川区西五反田 7-9-5
校正・DTP　株式会社鷗来堂
印刷・製本　大日本印刷株式会社

Printed in Japan ISBN 978-4-86554-696-5 C0193

作品のご感想、ファンレターをお待ちしています

あて先：〒141-0031　東京都品川区西五反田 7-9-5 SGテラス5階　オーバーラップ文庫編集部
「瀬戸夏樹」先生係／「ふーろ」先生係

PC、スマホからWEBアンケートに答えてゲット!

★この書籍で使用しているイラストの『無料壁紙』
★さらに図書カード（1000円分）を毎月10名に抽選でプレゼント!

▶https://over-lap.co.jp/865546965
二次元バーコードまたはURLより本書へのアンケートにご協力ください。
オーバーラップ文庫公式HPのトップページからもアクセスいただけます。
※スマートフォンと PC からのアクセスにのみ対応しております。
※サイトへのアクセスや登録時に発生する通信費等はご負担ください。
※中学生以下の方は保護者の方の了承を得てから回答してください。

オーバーラップ文庫公式 HP ▶ https://over-lap.co.jp/lnv/